【1931 흡혈마전】

1931 흡혈마전

김나경 장편소설

창비

차
례

들리는 소리들

그는 더 이상 자신의 능력을 의심하지 않기로 마음먹었다.

차가운 땅이 왼쪽 얼굴에 달라붙어 입술과 뺨이 얼얼했다. 의식은 한참 전에 돌아왔건만 도무지 눈을 뜨고 싶지가 않았다. 숨을 들이켜자 풀 내음과 젖은 흙 냄새가 코 안쪽으로 들어왔다. 달마저 구름 사이로 모습을 감춘 한밤중이었다. 검은 곱슬머리에 더러워진 환자복을 입고 수풀 사이에서 비척비척 일어나는 모습을 누군가가 목격한다면 그 자리에서 비명을 지르며 도망쳤으리라. 하지만 깊은 숲속에서 맨발로 나뭇가지를 밟는 소리에 도망치는 건 놀란 들짐승들뿐이었다. 그는 일어나 오른쪽 옆구리를 움켜쥐고 신음을 토해 냈다. 정신이 맑아지며 상처의 고통이 극심해진 탓이었다. 여전히 옆구리에 탄환 하나가 박혀 있었다. 제 손가락으로 구멍 난 상처를 헤집는 짓은 두 번 다시 하고 싶지 않은 일이었지만 주변에는 그를 도와줄 만한 이도 없었다. 아니, 누군가 오는 것이 더 두려운 상황이었다. 두 다리로 버틸 수 없는 고통에 무릎이 꺾인 그는 나무둥치에 몸을 겨우 기대고 총알을 짜내듯 빼냈다. 입에서는 짐승의 신음이 비어져 나왔다. 서늘한 바람만이 창백한 얼굴을 어루만졌다.

이제 사이렌 소리도, 멀리서 짖어 대던 사냥개 소리도 더는 들리지 않는다. 도망쳐 온 곳에서 얼마나 떨어진 장소인지 감도 잡히지 않았다. 바람을 타고 어디선가 바다 냄새가 나는 듯도 싶었다. 하늘이 도운 건가. 그는 고개를 들고 멍하니 중얼거렸다. 하늘이라. 신 따위를 믿지 않게 된 지 오래지만 이 기적에 대해 달리 표현할 방법도, 고마워해야 할 대상도 찾지 못했기에 그저 자신을 숨겨 준 어둠에 감사하기로 했다. 지치지 않고 달려 준 두 다리에도. 그리고 또 한 명, 매일같이 채워 넣는 마취제를 깜빡해 버린 새로 온 연구원에게도.

앞을 가로막은 제복 입은 사내들 열댓 명쯤 때려눕히는

것이야 아무 일도 아니었다. 총상을 입긴 했지만, 이 정도 상처는 금방 아물 것이다.

그는 눈을 감고 차가운 숲의 공기를 들이마셨다.

사람들이 접근하지 못하도록 하기 위해서인지, 실험체의 탈출을 막으려는 목적에서인지, 낡은 병동으로 위장한 실험실의 철조망 밖은 무성한 숲으로 뒤덮여 있었다. 그는 자신의 발밑을 지나가는 들쥐를 한 손으로 잡아챘다. 신선한 피 냄새가 신경을 자극했다.

푸른빛을 띠는 달만큼 창백한 얼굴을 들었다. 풀벌레 소리에 섞여 미약하게 뱃고동 소리가 들려왔다. 항구가 가까이 있는 모양이었다. 그는 몸을 일으켜 울리는 머리를 짚은 채 한동안 생각에 빠져 있었다. 진정한 목적지를 확인하기 위해 회귀해야만 하는 지점이 있다. 여자는 손바닥으로 땅을 짚고 일어났다. 그리고 바다 냄새가 나는 쪽으로 걷기 시작했다.

가야만 한다.

그의 머릿속에 떠오른 생각은 단 하나였다.

바다 건너의 땅.

자신이 떠나온 곳, 조선으로.

*

열네 살 희덕은 오늘따라 이상스레 개운한 기분으로 잠에서 깨어났다.

진화여자고등보통학교에 입학한 지도 두 달이 지난 터였다. 구들장이 아닌 철제 침대에서 일어나는 일이야 이제는 어색하지 않았다. 하지만 기숙사생이라면 누구나 알고 있듯이, 어젯밤 늦게까지 침대 맡에 등잔불을 켜 놓고 책을 읽던 학생이 개운한 아침을 맞기란 불가능에 가깝다. 오늘은 새벽녘마다 문을 두드리는 사감의 고함 대신 기숙사 창으로 비치는 오월의 햇살이 희덕을 깨웠다. 학교와 맞닿은 인왕산 어귀에서 지저귀는 새소리가 퍽 곱다는 생각이 들 때쯤 등에 한 줄기 식은땀이 흘렀다. 희덕은 이불을 젖히고 벌떡 몸을 일으켰다. 혹시나는 역시나였다. 4인 기숙사 방은 희덕의 침대를 제외하곤 텅 비어 있었다.

"오메, 일 나 부렀네!"

희덕은 이미 한참 전에 기상해 이부자리까지 단정히 정리해 둔 4학년 언니의 탁상시계를 보았다. 시계는 7시를 가리키고 있었다. 기숙사의 정해진 기상 시간은 6시였다. 곧 7시반이 되면 조식 시간이 끝난다. 희덕은 침대 밑 고무신에 발을 쑤셔 넣었다. 입고 자던 다리속곳 위에 무릎 아래까지 오는 까만 치마를 입고 흰 저고리에 팔을 끼워 넣고서는 복도로 급히 달려 나왔다.

2층 사람들은 벌써 전부 식당으로 내려간 모양이었다. 허둥지둥 뛰는 사이 희덕은 허리까지 닿는 까만 머리카락을 땋는 둥 마는 둥 하며 댕기를 질끈 묶었다. 아무도 없었기 때문에 마음껏 발소리를 내며 뛰었다. 동그란 뺨을 몇 번 치고 마른세수를 했다.

희덕은 복도 창으로 들어오는 아침 산 내음을 들이켰다. 그러나 지금은 돋아나는 오월의 새순까지 감상할 시간은 없었다. 아키마 사감은 식사 시간에 지각하는 학생의 양말을 벗겨 맨발바닥을 회초리로 때린다. 운이 없으면 조식도 챙겨 먹지 못하고 조례에 불려 갈 수도 있었다. 최대한 빠른 걸음으로 계단을 내려가 동쪽 현관으로 향했다. 1학년이 벌써 이래서는 안 되지! 희덕은 그런 생각이 들었다.

이런 일은 전주에 있는 어머니, 아버지, 언니에게 소식을 전할 때 도저히 쓸 수 없다. 큰돈을 모아 경성부 안에 있는 학교에 보내 준 할아버지를 부끄럽게 만들 순 없었다.

희덕을 경성에 있는 고등 보통학교에 진학시키자는 의견은 할아버지의 유언이나 마찬가지였다.

"희덕이 니는 배울 수 있는 데까지 배워야제."

희덕은 할아버지의 듬성듬성한 수염과 파르르 떨리던 손가락을 아직도 기억한다. 할아버지는 2녀 중 둘째로 태어난 희덕을 유달리 극성으로 무릎에 앉히고 떠듬떠듬 천자문을 가르쳤다. 그러나 언니와 같이 다니던 보통학교를 졸업할 때만 해도 희덕은 할아버지가 자신을 고등 보통학교까지 보내려는 생각은 없는 줄로만 알았다. 어머니와 아버지는 할아버지가 그동안 30원이나 되는 큰돈을 자신들 몰래 숨겨 두었다는 사실이 더 충격이었던 듯했다. 농사를 짓는 아버지는 쟁기를 땅바닥에 내팽개쳐 가면서까지 처음으로 제 아비에게 고함을 질렀다.

"아배요. 우리가 쩌 위에 낼 쌀이 없어서 바가지 긁을 동안 희덕이 이 아가 뭐라고 이만치로 돈을 모았다구로."

어머니도 말을 모았다.

"첫째 진덕이한테는 시집갈 때 해 준 것도 없었는디 이라문 에미 애비가 뭐가 된다요."

하지만 할아버지는 도리어 어머니 아버지를 다그쳤다.

"희덕이 야는 머리가 좋아. 봐라!"

할아버지는 거칠어진 손으로 희덕의 말랑한 손가락을 잡고는 앞니가 다 빠진 잇몸을 드러내며 웃었다.

"희덕아, 느이 에미 애비는 핵교 시험을 봐서 합격증이 나오는 게 쉬운 일인 줄 아는가 배."

할아버지는 일본 자객이 명성 황후를 찌르고 고종을 무릎 꿇렸다는 소식을 맨귀로 들은 세대였다. 군복 입은 사람들이 마을 성벽을 부수고 할아버지의 할아버지가 땀 흘려 지은 전주 읍성을 폐허로 만들어 버리는 광경도 똑똑히 보았다. 태극기를 흔들고 독립 만세를 부르는 사람들은 어땠나. 그날 일본군은 흰옷 입은 조선인들을 길가에 세워 놓은 짚단인 양 칼로 찌르고도 눈 하나 깜짝하지 않았다. 작년 광주 학생 운동을 생각하면 할아버지는 더욱 핏대를 세웠다. 어린아이들도 제대로 배워야 움찔하기라도 한다는 생각이 그 후로 머리에 박힌 모양이었다.

어머니와 아버지는 집안의 큰 어른인 할아버지의 말을 거역할 수가 없었다. 가족 중에서 가장 어린 사람인 희덕을 배우게 한 결정은 생의 마지막을 준비하는 할아버지가 남기고자 한 유산이기 때문이었다.

붉은 벽돌로 지은 기숙사의 동쪽 문으로 향하면 공동변소를 지나 바로 식당 건물이었다. 식당 안에는 열댓 명이 앉을 수 있는 나무 식탁이 열을 맞추어 놓여 있었다. 벌써 식사를 마친 학생들도 눈에 띄었다. 희덕은 수저를 챙기고 4학년의 지시에 따라 줄을 섰다. 조식을 나누어 주는 아주머니에게서 놋그릇에 담긴 시래깃국과 밥 한 그릇을 받았다.

"얘, 왜 이제 왔니?"

희덕이 고개를 휘둘러보고 있자 경애가 손을 쭉 뻗어 흔들었다.

"오늘은 나만 늦은 게 아니었나 봐."

창문으로 들어오는 햇볕 사이로 다들 떠들며 밥을 먹고 있었다. 두 손을 모으고 간단히 아침 기도를 마친 희덕은 문득 이상한 기분이 들었다. 분명 이쯤 되면 기모노를 반듯하게 다려 입은 아키마 사감이 잔소리하며 다그쳐야 했다. 하지만 오늘은 학생들을 지도하는 키 큰 4학년 당번만 입구에서 있을 뿐 사감은 머리털 하나도 보이지 않았다.

"어제가 아키마 사감의 마지막 근무일이었잖아. 다들 이때다 싶어 잔 거지, 뭐."

"그랬구나!"

희덕은 그제야 매일같이 6시가 되면 학생들을 깨우기 위해 문을 주먹으로 두드려 대던 사감이 왜 없었는지 이해가 되었다. 진화여고보에 5년 동안 근무한 아키마 사감은 조선인 여학생을 자기 종으로 알며 멸시가 심해서 3, 4학년 언니들이 치를 떨었다. 경성에 있는 여고보를 중심으로 만세 시위가 한창이던 작년, 몇몇 선배들은 수업을 거부하고 사감의 태도를 지적하는 구호를 외쳤다. 결국 자신은 의료 담당이 아니라며, 부상으로 찾아온 학생에게 아무 조치를 취하지 않은 행동이 발단이 되어 학교 측은 학부모회와 지육부(智育部)의 탄원을 받아들였다.

"그러면 이번에는 조선인이 올까?"

"얘는, 똘똘하게 생겨서는 순진하다니까."

옆방 최칠석도 말을 거들었다.

"조선인이든 일본인이든, 좀 제대로 된 사람이기만 했으면 좋겠어."

황순자는 식당 문 위에 걸린 일장기를 바라보며 소곤거렸다.

"그래도 일본인보다 조선인 선생이 한 명이라도 있는 게 낫지."

경애는 단호한 목소리로 말했다. 한두 명씩 제 할 말을 보태자 아침 시간의 토론은 새소리가 여기저기 옮겨 다니며 커지듯 점점 떠들썩해졌다.

"민나 시즈카니!(조용히 해!)"

웅성거리던 식당 안이 찬물을 끼얹은 듯 조용해졌다. 날카로운 목소리로 고함을 지른 이는 생물 선생인 이와모토였다. 짧은 머리에 기름을 발라 옆통수에 딱 붙인 이와모토는 염소수염을 씰룩거리며 군대식 걸음으로 일장기 앞에 섰다. 그리고 수저질을 하는 학생이 없는 것을 확인한 후에 신궁 쪽을 향해 90도로 허리를 푹 숙였다. 학생들은 고개를 숙일 의무는 없었지만 다들 아무도 움직이지 못했다. 이와모토는 일 분 남짓의 의식을 끝낸 뒤 다시 허리를 꼿꼿이 세우고 학생들을 돌아보았다.

"아키마 선생님이 떠나셨기 때문에, 오후에는 새로운 사감 대리가 와서 너희를 감독할 예정이다. 황국 신민으로서 부끄럽지 않도록 자세를 바르게 하고 맞이할 준비를 해라."

이와모토는 기계적인 군대식 말투로 이야기했다. 군 병원에서 일하다 온 그는 조선에 부임하게 된 것을 몹시 싫어하는 눈치였다. 황국 신민으로서 사명감이 매우 투철한 사람이었다. 그런 탓에 부임한 지 얼마 되지 않았는데도 변소 낙서에 이름이 가장 많이 등장하는 사람이기도 했다.

이와모토가 밖으로 나가자 경애가 혓바닥을 내밀었다. 언제나 진지한 얼굴인 경애는 행동이 단정한 축에 속했지만 이런 일이 있을 때마다 부루퉁한 표정을 서슴지 않고 내보였다.

"만약 일본인 사감이 온다면."

경애는 배부르게 밥을 먹고 나와서 말했다.

"우리도 더 강해지는 수밖엔 없어."

그럼에도 오월의 아침이란 사람을 산뜻하게 하는 데가 있었다. 맑은 하늘 아래로는 경성을 둘러싸고 있는 산등성이가 보이고 까만 먹물을 찍어 그린 것만 같은 기와지붕이 골목골목 빽빽이 들어차 있었다. 월요일은 조례가 청소 이후인 터라 희덕은 자기 구역인 뒷마당으로 향했다. 그런데 웬 검은 천막이 수풀에 걸려 휘날리는 게 보였다.

가까이 다가가니 검은 천막이 아니라 발목까지 오는 까만색 치맛자락이었다. 누군가 상체를 풀숲 속에 고꾸라뜨리곤 구두를 신은 오른발을 쭉 뻗어 기묘하게 중심을 잡고 있었다. 희덕은 주춤, 뒷걸음질을 쳤다.

'저런 뾰족구두를 신을 사람은 아무도 없는데?'

수상한 사람을 보면 선생님을 부르라던 말이 떠올랐을 때였다. 그가 휘적거리던 팔을 풀숲에서 쑥 빼내며 소리쳤다.

"잡았다!"

여자는 조선말로 우렁차게 외쳤다. 그가 들어 올린 팔에는 웬 점박이 가죽이 매달려 있었다. 자세히 보니 가죽이 아니라 인왕산에서 내려온 야생 삵이었다.

"에구머니!"

"에구머니!"

여자와 희덕과 어린 삵은 서로 마주쳐 동시에 놀라고 말았다.

"아얏!"

그 틈을 타 삵이 여자의 팔을 할퀴고는 용수철처럼 튀어 풀숲 사이로 사라졌다. 그리 힘이 좋진 않은 모양이었는지 여자는 반동으로 풀썩 쓰러졌다. 희덕이 놀라 그를 부축하러 달려갔다.

"괜찮으셔요?"

"아아!"

여자는 비련의 주인공처럼 살쾡이가 도망간 자리를 안타깝게 바라보았다.

"겨우 잡은 아침이었는데!"

'……어디 아픈 사람인가?'

희덕은 그가 열아홉이나 스무 살이 갓 되었을 법한 수려한 얼굴이라는 것을 알아차렸다. 여자는 구불거리는 단발머리를 손으로 쓱쓱 정리하고선 치맛자락을 털었다. 키는 희덕보다 머리 하나가 컸지만, 얼굴은 햇빛을 보지 못한 듯 창백했다. 조선인 중에 혈색 좋은 사람이 드물다고는 해도 분을 바른 것처럼 허연 모습이었다. 하지만 입술만큼은 붉어서 이목구비 중 첫눈에 들어왔다. 손목과 발목까지 덮는 까만 비로드 드레스에, 셔츠의 깃은 미국 선교사들이 입는 수수한 모양과는 조금 다르게 세련되었다. 여자는 아직도 삶을 놓친 게 분한지 — 도대체 어디에 쓸 요량이었는지는 모르겠지만 — 한숨을 쉬었다. 구두가 아깝지도 않은 듯 흙바닥에 발을 몇 번 구르더니, 희덕이 아직 거기에 있다는 걸 그제야 발견했는지 놀란 눈을 했다.

"거, 배가 곯으셨으면 식당에 가시는 게 좋을 거예요."

여자는 희덕을 빤히 바라보다가 걸음을 옮겼다. 기숙사 현관 앞에는 여자의 것인 듯한 커다란 여행 가방이 놓여 있었다.

'새로운 사감 선생님이로구나!'

희덕은 생각했다.

여자는 주변을 둘러보고는 천천히 학교 쪽으로 눈길을 주었다. 초록 지붕에 흰색 창틀, 현관 앞에는 십자가까지 조각된 고풍스러운 3층 건물이었다.

"정말 감옥 같군."

하지만 그는 벽돌 건물을 올려다보며 말했다.

"그래도 이만한 학교는 없어요. 시설도 깨끗하고, 주변 풍경도 좋고요."

여자가 손가락을 들어 남쪽을 가리켰다.

"저 밑으로는 총독부고, 이 위로는 자작인지 뭔지 하는 놈들의 땅이지?"

학교 언덕에서 저 멀리 경복궁 한가운데 자리한 총독부가 보였다. 지붕이 까만 낮은 기와 주택 사이에 흥례문을 부수고 우뚝 선 총독부는 마치 누름돌처럼 거기에 있었다.

"원래는 경복궁에 궁궐이 꽉 차 있었어."

"그런가요?"

눈이 동그래진 희덕은 모르는 게 티가 났나 싶어 부끄러워졌다. 학교에선 조선 역사를 가르쳐 주지 않았다. 희덕이 아는 것이라곤 성경 학교에서 조선 선생님들이 들려준 이야기들뿐이었다.

"그 정도는 알아요. 원래 남산에 환구단이 있었다는 것도요……."

"그다지 좋은 시절은 아니었어. 지금도 그렇지만."

희덕은 그가 어느 시절을 이야기하고 있는지 감이 잡히지 않았다.

“게다가 여긴 왜 이리 볕이 잘 드니? 골치 아프게 말이야.”

여자는 양산을 폈다. 그러고 보니 화창한 날씨인데도 소매까지 덮는 옷을 입고 있었다. 조선 사람이라는 생각에 반가워한 것도 잠시, 여자는 험한 일 한번 해 보지 않은 아가씨가 틀림없었다. 희덕은 여자 옆에 있던 가방을 번쩍 들었다. 가방에는 철제 장식으로 ‘계월’이라는 한자가 새겨져 있었다.

“계 자 월 자를 쓰시는가 봐요?”

희덕이 가방을 들고 현관으로 향하자 여자는 놀란 얼굴로 희덕이 하는 양을 바라보았다.

“그래. 맞아.”

희덕은 열려 있는 현관으로 들어갔다. 자신을 계월이라고 한 여자는 십자가를 빤히 쳐다보더니 그 밑을 조심스럽게 통과했다.

복도를 걷다 보니, 희덕은 어쩐지 조금 한기가 들었다.

“여기니?”

사감실의 미닫이문에는 걸쇠가 걸려 있었다.

희덕이 열쇠가 필요하다고 말하려는 순간, 계월이 미닫이

문을 열었다. 무언가가 우지끈, 부러지는 소리가 났다.

"하, 이런."

계월은 별로 놀라지도 않은 표정으로 감탄사를 내뱉었다.

"내가 가끔 이런다니까."

계월은 희덕이 내려놓은 가방을 챙겼다. 희덕은 그제야 새로 온 사감 선생의 귀가 약간 뾰족하다는 걸 알게 되었다. 고개를 숙이자 구불거리는 단발머리 사이로 귀가 드러났기 때문이었다. 희덕의 눈길을 알아차린 계월은 머리를 정리했다.

세상에는 파란 눈도 초록색 눈도 있고, 키가 엄청 크거나 아주 작은 사람도, 팔이나 다리가 하나 없는 사람도 있다. 저 바다 건너 더운 나라에는 피부색이 짙은 사람들도 있다 했으니, 귀 모양이 이러저러한 사람이야 있을 만하다고 생각했다.

"고맙네, 도와줘서 말이야."

계월의 깊은 눈 속 까만 동공 뒤에서 여명이 떠오르는 것처럼 붉은빛이 스며 나왔다. 희덕은 깜짝 놀라 계월에게서 한 걸음 떨어졌다.

그때였다. 서쪽 출구를 통해 선교사가 다가왔다.

"오셨군요! 기다리고 있었답니다."

앤더슨은 활달한 미국 감리교 선교사로 음악을 가르치

며 교육부장 일을 맡고 있었다. 말이 교육부장이지, 스크랜서 교장을 대신해 잡다한 일을 도맡아 했다. 하지만 여러 일들을 꼼꼼하게 처리하는 걸 보면 성정에 잘 맞는 것 같았다. 청록색 스커트에 소매를 부풀리지 않은 셔츠를 입은 앤더슨이 계월에게 손을 내밀어 보였다. 계월은 굳은 얼굴로 악수를 했다. 앤더슨은 계월의 차림을 보고 약간 놀란 기색이었으나 예의가 없는 행동을 할 만큼 당황하진 않은 모양이었다.

앤더슨은 희덕의 어깨를 따듯하게 쥐었다 놓아 주었다.

"환영합니다, 선생님. 먼저 스크랜서 선생님께 인사를 드려야지요. 그리고 예배가 예정되어 있어요."

앤더슨은 '예배'라는 두 글자를 또렷한 조선어로 발음했다. 계월은 머리에 손을 짚었다. 희덕은 앤더슨에게 이끌려 멀어지는 계월의 뒷모습을 보다가 수업 종이 치는 것을 듣고 교실로 들어갔다.

K사감과 러브 레터

그 이후에는 별다를 바 없었다. 희덕은 여느 때처럼 자수 놓는 것을 지적받았다. 이제는 익숙한 일이었다. 사이토는 희덕의 자수를 들어 보이며 말했다.

"이것 보세요. 이 학생은 아직 실과 바늘을 다루는 마음가짐이 안 되어 있습니다."

희덕은 틀린 말은 아니라고 생각했다. 진덕 언니도 희덕에게 옷을 짓는 재주라곤 영 없다고 했으니까. 사이토는 그런 희덕이 너무나 안타까운 듯한 표정으로 말을 이었다.

"희덕 군, 아무리 집중되지 않는 일이라 하더라도 노력해 보세요. 자수는 여성에게 참을성을 길러 주고, 각고의 노력을 통해 한 땀 한 땀 아름다움을 창조해 내는 가정 예술이란 말입니다."

사이토는 상냥한 어투로 말했다.

"학생의 손놀림 하나하나가 조선 여성을 대표한다고 생각해 보세요. 좋은 가정부인이 되어 남편을 위해 아름다운 자수를 놓는다면 얼마나 훌륭합니까. 조선 여성이 응당 몸에 익혀야 할 미학입니다."

희덕은 아무리 '가정부인'이라는 것을 상상해 보려 노력해도 그려지지 않았다. 신문이나 잡지에서 본 그림이야 떠올랐지만 절벽 위에 서 있는 막막한 기분마저 들었다.

"난 아무래도 상상력이 부족한가 봐."

가끔 희덕은 학교에서 무엇을 배우고 있는지 잘 모르겠다는 생각이 들었다. 할아버지가 희덕이 배우길 바랐던 것은 남편을 기쁘게 할 스키야키를 만드는 방법이나 자수 놓는 법은 아닐 듯했다. 게다가 아까 계월이 말해 준 것도 신경 쓰였다. 희덕은 경복궁에 무슨 일이 있었는지 전혀 몰랐다.

"희덕 군, 자수에 집중하도록 하세요."

사이토의 호명에 놀란 희덕은 머릿속에 떠다니던 생각을 자기도 모르게 불쑥 입 밖으로 내뱉고 말았다.

"하지만 여성도 남편을 위해서가 아니라 스스로를 위해 배울 수도 있지 않나요?"

단정한 남색 기모노를 입은 사이토는 자제력을 잃지 않고 오비를 맨 허리 앞에 손을 가지런히 모았다. 그는 상냥한 미소를 짓고 당황스러운 질문을 능숙하게 받아치는 태도로 대답했다.

"물론 그렇지요. 물론 자신을 위해서 아름다움을 기르는 과정일 수도 있겠지요. 하지만 여러분이 내지인과 조선인이 융합하는 데 힘을 보태야 한다는 사실에는 변함이 없습니다. 그것이 조선 여성으로서 교육을 받는 목적 아니겠어요?"

교실은 조용해졌다. 그 말에 동의하는 학생은 아무도 없었다.

"조선이 곧 일본입니다, 여러분."

"그럼 일본은요?"

누군가가 물었다. 사이토는 잠시 목을 가다듬었다.

"일본은…… 일본이죠."

아무런 대답이 없는 학생들 사이에서 사이토는 얼굴을 조금 붉혔다. 그리고 자신은 희덕 군의 의견을 존중하겠다며 자리에 앉게 했다.

"소름 끼쳐."

경애가 희덕에게 중얼거렸다. 그러자 얼굴에서 미소가 사라진 사이토가 고개를 홱 돌렸다.

"누구입니까? 방금 조선어로 떠든 사람이?"

경애는 입을 다물었지만, 사이토는 경애를 찾아내 손바닥을 다섯 대 때렸다. 조선말을 쓴 사람이 자진해 나오지 않으면 반 전체에 징계를 내릴 것이라 호통을 쳐 경애는 제 발로 나갈 수밖에 없었던 것이다.

"염병할!"

경애가 운동장에서 걸걸한 욕을 내뱉었다.

"내가 내 나라에서 내 나라말을 쓰겠다는데 그게 무어 잘못된 일이란 말이니?"

멀리서 앤더슨이 경애의 험한 말을 듣고 깜짝 놀라 달려왔다.

"학생들, 교내에선 정숙한 말씨를 쓰도록 하세요."

"조선에서는 '염병할'을 감탄사로 쓴다고요."

앤더슨은 눈썹을 찌푸렸다. 하지만 희덕과 경애는 앤더슨을 골치 아프게 만들고 싶지는 않았다. 앤더슨은 선교사 선생님들 중에서 유달리 학생들의 이야기를 잘 들어 주고 가끔은 이런 욕까지 알아듣는 사람이었다.

"선생님, 학교에선 조선어를 쓰면 안 되나요?"

"왜요? 우리는 지금 조선말로 대화하잖아요. 난 이름도 있는걸요, 안덕순이라고."

"자수 수업 시간에 조선어를 썼다가 손바닥을 맞았어요."

앤더슨은 놀란 눈을 했다.

"학생은 피아노를 칩니다. 손은 때리면 안 돼요."

그러더니 무언가 생각난 듯 말했다.

"가서 사감 선생님께 약을 발라 달라고 하세요."

경애는 무슨 말인지 알았다는 듯 고개를 끄덕였다.

"음악 선생님은 참 친절하시다. 그렇지?"

"흥. 조선말을 써서 맞았다고 했더니, 결국 거기에 대해선 아무 말도 하지 않았어."

희덕은 경애의 지적에 깜짝 놀라고 말았다.

"작년에 일본인 사감을 쫓아내서 학생들을 더 괴롭히는 건지도 몰라. 그런데 너, 새로 온 사감 선생님 본 적 있어?"

"응, 조선 사람이야."

희덕은 그 말이 경애에게 도움이 될까 싶어 이야기를 꺼냈다.

"흐음, 그래?"

경애는 입을 비죽 내밀었다.

"하지만 난 이제 기대 안 할래."

희덕은 그건 좀 슬픈 말이라고 생각했다. 경애가 나혜석의 전시를 보러 가자며 졸라 대화는 곧 끊기고 말았다. 무슨 일인지 새로 온 사감의 방 앞에 학생들이 몰려 있었다. 조선말과 일본어를 섞어 쓰며 떠드는 무리 중에는 희덕과 같은 방인 라동백과 허난초도 있었다.

"언니, 무슨 일이에요?"

"이거 보라. 일전에 그 사감이 가지고 있던 편지들을 돌려받았지."

"네? 그동안 사감이 편지를 보관하고 있었단 말이에요?"

"응. 희덕이 너는 편지 올 사람이 없어서 모르는구나?"

"난초 또 시작이디기래? 희덕이 내비 도라."

난초와 동백은 서로 투덕대며 2층으로 올라갔다.

"너희 방 언니들은 엄청 재밌으신가 보다."

"뭐? 아유, 말도 마. 오늘 아침엔 날 깨워 주지도 않고 아침을 먹으러 갔어."

"그럼 평소엔 잠을 깨워 주기까지 한단 말이니? 우리 방 언니들은……."

"너희, 이 앞에서 뭘 하는 거니?"

계월이 얼굴을 내밀어 경애와 희덕을 바라보았다. 아침보다 퉁명스러운 표정의 계월이 희덕을 보고는 눈썹을 치켜올렸다.

"뭐 가져갈 것 있으면 빨리 가져가! 꾸물거리지 말고."

사감실 안의 어른 키만 한 선반과 책상 서랍은 전 사감이 처리하지 못한 서류들로 꽉꽉 들어차 종이를 토해 내고 있었다. 댕기를 늘어뜨린 학생 서너 명이 촘촘히 칸이 나뉜 나무 책장 앞에서 자기 물건을 찾느라 얼쩡거렸다. 물건을 다 찾은 학생들은 계월에게 꾸벅 인사를 하고는 사감실을 나갔다. 편지뿐만 아니라 소설책, 값비싸 보이는 머리핀까지 손에 쥐고 나가는 걸 보니 이전 아키마 사감에게 뺏긴 물건들을 전부 돌려주는 모양이었다.

경애는 책상 서랍을 조심스레 열어 보았다. 희덕은 빼앗길 만한 편지 같은 건 애초에 오지도 않는 학생이었지만 혹시 자기에게 온 새 편지가 있나 싶어 서랍을 뒤졌다. 하지만 역시 받는 이에 희덕의 이름이 쓰인 편지는 없었다. 아마도 일이 바쁜 모양이지. 희덕은 한 걸음 물러나며 생각했다. 게다가 아버지 어머니는 글을 몰라 편지를 쓰긴 어려웠을 것이다. 책장에서 제 이름 석 자가 표지에 적힌 콜론타이의 책 두 권을 집어 든 경애가 너머에 계월이 있는 가림막을 두드렸다.

"무슨 일이니?"

"선생님, 기숙사에서 소설책 읽어도 되나요?"

계월은 눈살을 찡그렸다. 얼굴을 쳐다봐서 그런 걸까, 말을 걸어서 그런 걸까? 곤란한 질문을 해서? 아마 세 가지가 전부 마음에 들지 않았을 수도 있었다.

"그런 것까지 왜 일일이 나한테 묻니?"

계월이 고개를 흔들자 짧은 단발머리가 멋스럽게 흩어졌다.

"그럼 조선말로 일기 써도 되나요?"

"네 일기에 누가 관심이 있다고 그래?"

계월의 대답에 경애는 희덕을 빤히 바라보았다. 희덕은 경애의 속마음을 알아볼 수 있어서 조금 웃었다. 경애는 아주 흥미로운 일이 생기면 눈썹을 한껏 치켜올리고 눈을 데구루루 굴렸다.

*

'이제야 조용해졌군.'

계월은 마지막 학생들이 나간 문을 닫으며 생각했다. 아까 들어올 때 고장이 난 문은 닫히지 않고 자꾸 열렸다. 어디 작대기라도 하나 꽂아 잠가 둬야 할 판이었다.

내가 그랬잖아? 이상한 선생님이라고.

정말 그러네. 속셈이 뭔지는 몰라도 말이야…….

계월의 귀에 방금 나간 학생 두 명이 소곤거리는 소리가 들렸다. 갖고 있던 재주가 실험 따위로 사라지진 않은 모양인지, 집중하니 벽 너머의 소리가 옆에서 말하는 것처럼 들렸다. 계단으로 올라가는 발소리까지 귀 기울인 후, 계월은 아무도 오는 사람이 없다는 걸 확인하고서야 자리에 벌렁 드러누웠다. 들어 봤자 무슨 소용인가. 저 나이대의 대화란 그다지 알고 싶지 않은 이야기들뿐이다.

계월이라. 그는 가방에 붙은 상표를 바라보았다. 조선에 도착해 가짜 신분으로 사용할 이름을 몇 가지 떠올려 보았지만 마땅한 이름이 없던 차였다. 어쩌다 보니 어설프게 지어진 이름이지만 잠깐 쓰기로는 나쁘지 않다고 생각했다.

십 대 학생들과 지내기란 계월의 성미에 영 맞지 않는 일이었다. 그들은 쓸데없이 활기가 넘치고, 떠들고, 아무것도 아닌 일에 울거나 웃고, 겁이 많고, 한편으론 겁이 없고, 귀찮게 굴었다.

하지만 여학교에 근무해야 경찰과 마주치는 일 없이 지나갈 겁니다. 그 얘기를 한 게 누구였더라? 자리를 소개해 준 대학생 김 씨라는 사람이었다. 계월은 그 의견에는 동의했다. 아직도 도쿄 실험실에서 제복 입은 자들이 자신을 잡으러 오는 꿈을 꾸는 상황에서 모든 것이 완벽해지길 바라는 건 사치였다.

그는 주변을 둘러보았다. 낡은 나무 침대와 책상 하나가 마주 보고 있었다. 예산에 허덕이는 조선 학교답게 지저분한 방이었지만 아무렴 조선에 도착해 알거지 꼴을 하고 전전하던 토막집보단 나았다. 여자 혼자 지낸다고 지나가던 남자들이 문을 벌컥벌컥 열어 보던 여인숙은 말할 것도 없었다. 여기에는 지켜보는 사람이 없다. 자유가 있었다.

경성은 고작 삼 년 새에 많은 것이 달라져 있었다. 일본은 전쟁에 야욕을 불태우고, 변두리로 밀려나 토막집에서 사는 조선인들의 얼굴은 더욱 꾀죄죄해졌다.

계월은 낡은 여행 가방을 열어서 안에 든 것을 바닥에 쏟아부었다. 셀 수 없이 많은 금팔찌와 은잔과 전람회에 걸릴 그림들을 가져 본 적도 있었다. 그러나 이제는 유행이 지난 낡은 옷가지 몇 벌이 전부였다. 계월은 개의치 않았다. 과거의 물건에 시달리고 싶지도 않았다. 계월은 가운데가 푹 꺼진 침대에 앉아 빛바랜 가죽 수첩을 펴 보았다.

남자의 사진은 여전히 그 자리에 잘 있었다.

혹시 내 연락을 기다리고 있는 건 아닐까? 계월은 과거에 매달리지 않고자 다짐했음에도 어쩔 수 없이 옛 기억이 떠올라 서글퍼졌다.

'그럴지도 몰라. 그는 언제나 내가 어디서 무얼 하는지 알고 싶어 했으니까.'

그러나 지금은 여유롭게 추억에 젖어 있을 때가 아니었다.

강렬한 굶주림이 계월의 정신을 몽롱하게 만들었다. 아침에 들짐승의 피를 빨아 허기를 해결하려 했지만, 실패로 돌아갔다. 남들 앞에서 동물의 피를 빠는 모습을 보여서 괜히 소란을 피우고 싶진 않았다. 골치 아픈 일이다. 제발 혼자 있고 싶다. 아니면 먹잇감과 단둘이…….

*

"희덕이 오밤중에 코 나발이 심하구나기래!"

저녁 자습이 끝나고 희덕이 세면실에서 돌아왔을 때, 2학년 라동백과 3학년 허난초는 같은 침대에서 책을 보고 있었다. 희덕은 평안도 출신인 동백의 말을 해석하느라 잠시간 멍하게 서 있었다. 동백의 웬만한 사투리는 알아듣는 난초가 그런 희덕의 모습을 보고 킥킥댔다. 얼굴이 붉어진 희덕은 자기도 모르게 소리치고 말았다.

"저는 코골이 안 한당게요. 언니들 괜히 노가리 풀지 마소!"

"노가리? 하늘 같은 언니들한테 노가리가 뭐꼬?"

라동백과 허난초는 고향도 학년도 달랐지만 나이가 같아 단짝처럼 지냈다. 같은 방 언니인 4학년 김단이에게 듣기로는 동백이 입학하던 날, 오자마자 2학년 난초와 손을 마주 잡고 통성명을 하더니 며칠 뒤엔 양말까지 같이 신는 사이가 되어 있더란다.

동백은 이마가 시원하고 미소를 지으면 덧니가 보이는 귀여운 인상이었다. 남학생들이 가끔 시집이나 편지를 보내는지 종종 사감실에 불려 갔다. 난초는 허리가 곧고 기름을 바르지 않아도 머리에 윤기가 흘렀다. 고상한 이름과는 다르게 크고 걸걸한 목소리로 유명해, 난초와 방을 함께 쓴다고 하니 몇몇 1학년들이 희덕에게 안타깝다는 눈길을 보냈다.

"그르니께 아침에 쎄 빠지게 깨웠을 때 퍼뜩 일어났어야제."

난초는 희덕에게 책을 던졌다. 난초가 소리치게 놔뒀다간 또 옆방에서 조용히 하라고 벽을 두드릴지도 몰랐다. 그럴 때마다 방정을 떤다고 혼이 나는 것은 가장 어린 희덕이었기 때문에 입을 닫는 수밖에 없었다.

희덕은 난초가 던진 책을 펴 보았다. 화려한 펜화가 실린 외국 소설이었다. 이마가 반듯하고 콧수염이 난 남자 주인공과 이마 위에 소라고둥 같은 파마머리를 드리운 여자 주인공이 코끝을 맞대고 있었다.

"아이고!"

희덕은 고개를 돌렸지만, 책에서 손을 떼지는 않았다.

"희덕이 읽어라. 동백이랑 내는 다 봤다."

"오메, 이런 책을 다…… 어디서 났소?"

"일전 너 들어오고 나서 소지품 조사한답시고 싸그리 털어 간 적 있지 않니."

"그 쌤은 엔간히 했어야지. 그래서 쫓겨난 거 아이가. 그래도 이번 쌤은 달달 볶지 않아서 괘안타."

"희덕이도 사감님 머리 모양 봤네? 어디 그런 모양내는 사람이 여학교 선생님으로 왔네? 한 번도 본 적이 없다야."

"활동사진 배우 아이가? 옆방 아는 어디 포스터에서 본 얼굴이라 하든데."

"석식 시간에 남선생들도 핼금거리는 모양이 아주 우습더라, 야."

동백은 그렇게 말하면서 가져온 편지를 뜯었다. 동백의 어깨너머로 편지를 본 난초는 영 맘에 들지 않는 인간이랑 계속 서신을 나눈다고 투덕대기 시작했다. 그런 동백과 난초를 본 단이는 땅이 꺼져라 한숨을 쉬었다.

"너희는 언제 철이 들려니?"

동백과 난초는 언제 그랬냐는 듯이 조용히 자리에 앉았다. 스물한 살 김단이는 수원 출신으로 발소리가 조용하고 언제나 침착했다. 학교에서 목련 봉우리 같은 쪽머리를 하고 다니는 학생은 몇 안 되었는데, 단이가 그중 하나였다. 남편과 아이를 두고 경성으로 공부를 하러 올라왔다고 했다. 단이는 옷을 갈아입은 후 서랍에서 옥수수를 꺼내 하나씩 나누어 주었다.

"너희, 이거 먹어라. 시골에서 보내온 강냉이야. 그러니 밤에 식당 내려가지 말아라. 새 사감님도 오셨는데 가만히 있어야지."

"아이고, 이제 그런 버릇 버렸어요."

"지난주에도 내려가지 않았니? 속일 생각 말아라, 응?"

"식당요? 밤에 내려갈 수 있어요?"

그날 밤 희덕은 그리 물은 것을 후회하게 되었다.

"언니, 전 정말 하기 싫어요."

"니가 궁금타 해서 데려온 긴데?"

알고 보니 난초와 동백은 소등 시간이 지나고 나서 종종 식당에 내려가 남은 반찬을 한 줌씩 가져오는 모양이었다. 물론 그런 일은 허용되지 않았다. 그러나 동백과 난초는 거의 매주 부엌을 털었는지 익숙하게 고무신을 벗고 깜깜한 복도를 고양이처럼 걸었다.

"단이 언니가 옥시시까지 줬지 않아요! 뭔 깜밥까지 먹으려 해요!"

"강냉이는 강냉이고, 누렁지는 누렁지제."

동백이 고개를 끄덕였다. 그런데 왜 저까지 데려가냐고요. 희덕은 울음이 나오기 직전이었다.

"너 같은 범생아가 문 앞에서 지켜보고 있어야 우리도 간덩이 내리놓고 호리빵빼이제!"

"그리고 가마치는 원체 몰래 먹어야 맛있디. 알간?"

동백과 난초는 번갈아 가며 희덕을 설득했다.

"오늘은 콩장도 쪼매 쌔벼 올 끼다."

"욕보그라! 댕겨올게."

희덕에겐 사감실을 잠복 감시하는 임무가 주어졌다. 그리 위안은 되지 않는 역할이었다. 그래도 양말만 신은 발로 나무 복도를 걸어가는 것보단 나을 터였다.

계단을 내려가면 긴 복도 모퉁이에서 사감실 문이 보였다. 꺾인 벽에 몸을 숨기고 있으면 여기서는 사감실이 보이지만 사감실에선 이쪽을 볼 수 없는 구조였다. 복도는 불까지 꺼져 깜깜하니 희덕은 자신이 보이지 않으리라 안심이 되었다. 사감실은 안에서 아직 무언가를 하고 있는지 불이 켜진 채였다. 게다가 고장 난 문이 손가락 두 마디 정도 열려 있어 상황을 보기에는 충분했다. 안쪽에는 계월뿐만 아니라, 또 다른 사람이 와 있는 듯했다.

*

“숙직 당번인데 워낙 심심해야지요. 계 사감님도 아시겠지만, 저녁에는 할 일이 없어서요.”

웃으며 그렇게 말한 것은 석식 시간 때 옆자리에 앉았던 유 선생이었다. 새로 온 사감을 소개하기 위해 교장인 스크랜서가 잠깐 자리를 마련했다. 유 선생은 계월이 일어나서 간단하게 인사를 할 때부터 눈을 떼지 않았다. 그도 그럴 것이, 유 선생은 계월 외에 유일하게 신식 양장을 입은 조선인 여자 선생이었다.

유 선생이 계월의 의자에 앉아 가져온 보따리를 풀자, 사기 주전자와 찻잔 두 개가 나왔다.

“아까 석식을 입에 하나도 대지 않으시는 것 같길래요.”

그게, 쌀밥이나 양념한 음식을 먹으면 바로 올라와서요. 저는 살아 있는 따듯한 생물의 피가 가장 입맛에 맞는답니다. 계월은 그렇게 말하고 싶었지만 입을 다물고 억지로 웃음을 지어 보였다.

“조선에서 먹는 음식이 워낙 변변찮지요? 선교사가 세운 학교도 별것 없답니다.”

유 선생은 눈웃음을 쳤다. 조선인치고는 뺨에 살이 올라 발그레한 것이 꽤나 건강한 모양새였다. 밤이 되니 귀와 코가 한층 예민하게 깨어나 계월은 유 선생의 맥박이 뛰는 소리까지 알아챌 수 있었다. 밤새 하릴없이 뜬눈으로 굶주림을 느끼는 것보단 이게 더 나을지도 몰랐다. 계월은 유 선생이 내미는 까만 커피가 담긴 찻잔을 받아들었다.

“사감실에 들어오니 왠지 한기가 끼치네요.”

유 선생이 팔을 매만졌다.

“저녁에는 아직 쌀쌀하니까요.”

유 선생은 커피를 한 모금 들이켜더니 아직 정리되지 않은 사감실을 둘러보았다.

“요즘 학생들은 대가 세서 선생들이 다루기 어려워요. 작년 겨울에 그 난리를 쳤더니, 우리도 어쩔 도리가 없었어요.”

계월은 뭐라 답을 해야 할지 이미 알고 있었다. 고개를 끄덕이는 것뿐이었다.

"나라가 어지러운 만큼 학교를 유지하는 데에 힘을 써야지요. 전 학교가 공립으로 넘어가도, 일본인 선생이 더 들어와도 별 상관이 없다고 생각해요."

핏줄은 조선인이라 했지만 계월이 보기에 유 선생은 이미 황국 신민이었다. 계월은 그저 검은 물을 들이켰다. 연연하고 싶지 않다 생각하지만 늘 제 마음대로 되는 것은 아니다. 사람들은 언제나 선택을 요구한다. 계월이 어디에 있든, 불란서에 있든 영국에 있든 아미리가에 있든, 서양 남자와 있든 동양 여자와 있든 마찬가지였다. 구분하고 이름표를 붙이고 싶어 하는 것은 어디나 똑같은 모양이었다. 원하는 대답을 해 주자 유 선생은 부드럽게 미소 지었다.

"선생님께는 학생들을 부탁드려도 되겠어요. 안심할 수 있는 선생님이 오셔서 다행이군요."

모두 자신에게 유리한 선택을 한다. 가끔은 그러지 않는 사람들도 있지만, 지금 계월에겐 선택의 여지가 없었다. 배가 너무 고팠다. 오전에 쥐 새끼조차 입에 대지 못한 게 화근이었다. 계월은 선생의 눈동자를 바라보았다. 제기랄. 모두가 자신에게 유리한 선택을 한다.

계월의 붉은 눈동자와 눈이 마주친 유 선생은 이내 동공이 풀려 드러눕고 말았다. 쓸 만한 능력이라곤 식사를 하기 전 먹잇감을 기절시키는 것뿐이지만 유용하다. 이 능력 덕분에 언제든 소동이 일어나는 걸 막을 수 있다. 계월은 유 선생이 떨어뜨린 성경책을 만졌다. 역시 아무 일도 일어나지 않았다.

여호와께서 사탄에게 이르시되 네가 어디서 왔느냐.

사탄이 여호와께 대답하여 이르되 땅을 두루 돌아 여기저기 다녀왔나이다.

이제 더는 아무 소리도 들리지 않는다.

목 밑에서 뜨겁게 꿀떡이는 심장 소리 외에는.

계월은 그날 푸짐한 식사를 하는 통에 알지 못했다. 문 바깥 복도에서 1학년 학생 하나가 입을 손으로 꾹 틀어막고 이를 보고 있었다는 사실을. 계월이 유 선생의 단추 두어 개를 풀고, 코로 냄새를 맡듯 얼굴을 박은 채 목덜미에 이빨을 찔러 넣는 것까지 보고 있었다는 사실을. 그 학생이 계월과 눈이 마주쳐서는 절대 안 된다는 생각을 떠올렸다는 사실을. 그리고, 부엌에서 다음 날 선생들의 식사로 끓여 먹을 누룽지 한 바구니가 사라졌다는 사실을 말이다.

표본실의 청개구리

아침 일찍 일어나야만 하는 기숙사 생활은 야행성인 계월에게 고된 일이었다. 그러나 그간 밤의 활동이 꽤 만족스러웠던 덕분에 개운한 기분으로 아침을 맞이할 수 있었다.

첫날은 제 발로 방에 찾아온 유 선생, 그다음 날은 운동장을 돌고 있던 늙은 수위. 하루는 선교사 사택에 초대되어 대화를 나누다가 지루하고 배가 고파진 탓에 외국인 선교사를 해치웠다. 사냥 본능이 깨어나기 시작하면 멈출 수가 없었다. 피를 빨린 상대는 빈혈 증세가 생기지만 영양을 제대로 섭취한 사람이라면 문제없이 아문다.

학생들은 엉망진창이었다. 언제나 뛰어다녔고 계월을 과도하게 쫓아다녔으며 고장 난 문을 핑계로 사감실에 멋대로 들어오곤 했다. 자신이 몇 살인 줄도 모르고 친근하게 굴어오는 어린애들과 같은 공기를 마시려니 속이 답답했다. 귀찮게 하는 사람들이 너무 많은 날에는 혼자 밖으로 나가 인왕산을 올랐다. 원구단에 올라가면 기도를 드리러 오는 사람이 있었다. 인간이란 왜 영원한 존재를 동경하고 소망을 덧입히는 걸까. 계월은 예전에도 그 질문을 누군가에게 했던 적이 있었다.

그 덕분에 우리 같은 자들이 숨 쉴 수 있는 거지.

자신에게 이 말을 했던 사람이 생각났다. 계월은 눈을 감았다.

*

점심을 먹고 기숙사에 들른 희덕은 사감실 앞을 서성였다. 일전에 본 게 정말일까? 분명 계월이 유 선생의 목을 졸랐던 것만 같았다. 희덕은 곰곰이 생각했다. 혹시 경성 사람들이 하는 새로운 놀이가 아닐까. 하지만 계월과 유 선생은 그리 돈독한 사이처럼 보이지는 않았다.

"희덕이 너도 사감 선생님께 관심 있니?"

사감실 앞을 지나갈 때마다 문 안을 들여다보자 경애가 물었다.

"관심이라니?"

"왜, 계 사감님 좋아하는 애들이 그렇게 많다던데."

희덕도 언젠가 기숙사에 살지도 않는 한 언니가 계 사감에게 쪽지를 전해 주곤 상기된 얼굴로 달아나는 것을 보았다.

"아냐. 그런 건 아냐. 나는……."

하지만 희덕은 괜히 이상한 소문을 내는 사람으로 보이고 싶지는 않았다. 다만 궁금했을 뿐이었다. 희덕은 빗자루를 들고 청소를 하는 체하며 기척을 살폈다. 뒤에서 부스럭거리는 소리가 들렸다. 희덕은 '글 안 해도 비짜락질 하는 중이었소!' 하고 소리칠 기세로 돌아섰다. 점박이 무늬에 고양이보다 조금 몸집이 큰 동물이 몇 걸음 떨어진 자리에서 하품을 하고 있었다.

"호랑이 새낀 줄 알았더니 아니었구먼."

귀가 둥글고 눈이 총명한 것이 인왕산에서 내려온 듯한 삵이었다.

"너 혹시 그때 붙잡혔던 그 아이니?"

삵은 아무 대답도 없이 희덕 앞에 통통한 발을 내밀고 기지개를 쭉 켰다.

“오메, 이게 살쾡이여, 아니면 집괭이여?”

그 순간 삵이 벌떡 일어나 희덕이 쫓을 새도 없이 1층의 열린 창으로 홱 들어가 버렸다.

“얘, 나비야!”

방 안에서 돌아다니다 잉크병이라도 깨면 큰일인데! 희덕은 빗자루를 옆에 세워 두고 창문을 조금 더 열었다. 다행히 창문은 희덕이 팔에 힘을 주면 상체를 들이밀 수 있을 만큼 낮았다.

손쉽게 안으로 들어간 희덕은 주변을 살폈다. 침대와 옷가지가 있는 걸 보니 선생님들이 묵는 숙직실 같았다. 공기가 유달리 차가웠다. 낡은 침대와, 책을 두 권 정도 펴 놓으면 꽉 찰 작은 책상 위엔 잡다한 물건이 쌓여 있었다. 익숙한 여행 가방이 바닥에 아무렇게나 널브러져 있었다. 희덕이 문 앞에서 들어 준 그 가방이었다.

계월은 정리하는 데엔 소질이 없어 보였다. 그동안 왜 그렇게 학생들에게 들어오지 말라고 했는지, 이해가 될 것도 같았다. 희덕은 바닥에 놓인 물건들을 밟지 않으려 조심하며 문 쪽으로 향했다.

그때 희덕이 건드린 책상에서 무언가가 툭 떨어졌다. 조용한 사감실에 소리가 크게 울렸다. 가죽 수첩이 표지가 펼쳐진 채 떨어져 있었다. 원래 자리에 두려고 무심코 집어 든 순간, 수첩 사이에서 접힌 종이가 떨어졌다. 서양 남자를 그린, 엽서만 한 크기의 그림이었다. 숱이 많아 가르마를 타서 귀 뒤로 가지런히 넘긴 머리에 콧수염을 기른 남자였다. 견장을 단 서양식 군복을 입고 마치 그림 너머의 사람을 뚫어져라 쳐다보는 듯한 눈빛이었다. 종이를 수첩에 끼워 넣은 희덕은 맨 뒷장을 넘겼다.

"어마!"

거기에는 콧수염을 깎고 머리가 약간 짧아진 그 남자와 동양인 여성이 함께 찍은 사진이 있었다. 유심히 보니, 여성의 얼굴은 계월이었다. 인상적인 것은 계월이 유럽의 숙녀처럼 가슴이 파이고 퍼프소매가 달린 드레스를 입고 있다는 사실이었다. 손에는 부채까지 쥔 차림이었다. 사진 밑에는 잉크로 '77'이라는 숫자가 쓰여 있었다. 7월 7일에 찍은 사진이란 뜻일까? 희덕은 수첩의 앞장을 넘겨 다시 그림을 보았다. 거기에는 딱히 숫자가 없었다. 누렇게 바랜 페이지에는 잉크로 숫자와 알파벳이 잔뜩 적혀 있었는데, 흘려 쓴 글씨라 희덕은 알아볼 수 없었다.

본관 3층에 있는 과학 표본실은 학교의 자랑이었지만, 학생들의 발길이 자주 미치는 장소는 아니었다. 표본 유리병이나 박제 같은 섬뜩한 물건이 많은 데다가 생물 과목을 담당하는 선생이 허락 없이 들어오는 사람에게 꾸중을 했기 때문이었다. 희덕은 실험 기구가 진열된 나무 장 사이에 몸을 숨겼다. 만약 누가 표본실로 들어오더라도 몸을 가릴 수 있을 만한 길고 두꺼운 커튼이 있었다. 비밀스러운 일을 하기엔 기숙사보다 이곳이 안성맞춤이었다.

희덕은 차가운 벽에 등을 기대고 수첩을 한 장 한 장 넘겨보기 시작했다. 그때였다. 누군가 들어오는 소리가 들렸다. 경박한 발걸음 소리는 생물 선생인 이와모토였다.

'아이고! 왜 그 생각을 못 했을까?'

이와모토가 들어온 걸 보니 아무래도 다음 수업 준비를 할 모양이었다. 희덕은 치마를 동여맨 끈 안에 수첩을 쑤셔 넣고 뒷문으로 도망칠 기회를 살폈다.

그런데 이와모토의 뒤로 의외의 인물이 따라 들어왔다. 계월이었다. 이와모토는 복도를 기웃거리더니 미닫이문을 섬세한 손길로 닫았다. 희덕은 커튼 뒤에 몸을 숨기고 귀를 기울였다.

"이 학교에서 그나마 봐 줄 만한 장소이지요."

계월은 유리 장에 진열된 개구리를 빤히 바라보고 있었

다. 새끼손가락만 한 개구리부터 손바닥만 한 두꺼비까지 든 유리 장 앞에서 이와모토가 점잔을 뺐다.

"어찌 보면 과분하기까지 해요."

희덕은 숨소리도 들리지 않게 입을 틀어막았다. 이와모토는 중얼거리듯 말하며 계월에게로 천천히 다가갔다.

"마치…… 계월 선생 같지요."

웩! 이와모토가 아주 고약한 약을 먹은 게 틀림없다. 희덕은 이 이야기를 경애에게 꼭 들려주어야겠다고 생각했다.

"절 박제하고 싶다거나 하는 말은 아니겠지요?"

계월이 이와모토를 돌아보며 묻자 그는 잠시 가만히 있더니 히죽히죽 웃었다.

"농담을 잘하는 사람은 지적인 여성이라는 말이 있지요. 저는 계월 씨를 처음 보았을 때부터 알아보았습니다."

이와모토의 혼자 중얼거리는 듯한 낮은 목소리가 오늘따라 기묘하게 높아져 있었다.

"계월 씨가 이런 조선 땅에 머물 만한 여성이 아니란 것을요."

계월은 한참 뜸을 들이더니 일본어로 대답했다.

"무슨 뜻이시죠?"

이와모토는 목을 가다듬었다.

"학생부장께서도 계월 씨에 대해 만족해하십니다. 계월 씨 같은 분이 계셔야 조선 여학생들의 귀감이 될 거라고요."

이와모토가 같은 선생을 띄워 주는 일은 별로 없었다. 일본에서 대학을 졸업한 그는 언제나 식민지 땅에서 자신이 썩고 있다는 사실을 견디지 못했다. 게다가 조선인 여선생에게 이 정도의 찬사를 보내다니, 희덕은 그가 정말 아픈 게 아닐까 걱정이 되었다.

"불란서에서 교육학을 공부하셨다고 했지요?"

계월이 살짝 고개를 끄덕인 것 같았다. 이와모토는 한껏 상기된 얼굴로 말을 이었다.

"저희 사촌 되는 누님도 파리에 계시는데, 혹시 이름을 들어 보셨는지……."

"글쎄요, 전 여러 일로 바빠 사교 활동에 발이 넓지 못했답니다."

"물론 그러시겠지요. 물론요."

이와모토가 조선인 여자의 말에 고개를 끄덕이는 것을 희덕은 본 적이 없었다.

"하지만 제가 보기에 계월 선생님은 일본인과 교류하여도 아무 부족함이 없을 줄 압니다."

계월은 표본실에 있는 것들을 못마땅한 표정으로 바라보

왔다.

“이런 것들은 딱 질색이에요.”

“여성이시기에 불쾌할 수도 있습니다.”

계월은 피식 웃었다. 하지만 이와모토는 자기에 취해 있느라 그 모습을 보지 못한 것 같았다.

“모든 게 과학의 일환 아니겠습니까. 만물의 영장인 인류의 지적 탐구심엔 끝이 없지요. 다른 생물들은 전부 그걸 위해 존재한다고 봐도 무방합니다.”

“여성이라서 불쾌한 것이 아닙니다.”

“그러시겠지요.”

“혹시 산 채로 박제될 뻔한 적은 없으신가요?”

이와모토는 제가 원하는 방향대로 대화가 흘러가지 않자 언짢아진 기색이었다.

“글쎄요. 누군가가 저를 박제하려 한다면 저는 그 사람을 가만두지 않을 겁니다.”

희덕은 이와모토의 멍청한 소리를 눈앞에서 듣고 있을 계월의 심정이 궁금해졌다.

“사람의 역할은 전부 같지 않습니다. 가르치는 사람과 가르침 받는 사람은 따로 있지요. 그래서 일본이 조선인을 계도하기 위해 이 자리에 있는 것 아니겠습니까.”

이와모토가 콧수염을 씰룩였다.

"계월 씨는 물질문명의 이기를 누리는 레이디의 모습이 잘 어울립니다."

희덕은 속이 거북해져 무심코 한숨을 내쉴 뻔했다. 그러나 허리를 꼿꼿이 편 계월은 이와모토의 얼굴을 흔들림 없이 똑바로 바라보고 있었다. 여자가 남자에게, 조선인이 일본인에게 정면으로 맞서는 모습을 희덕은 본 적이 없었다. 그러려면 되바라진 미친 여자로 소문이 나거나 빰을 맞고 경찰에 구속되는 뒷일을 감당해야 한다. 이와모토는 계월의 큰 키에 위압감을 느꼈는지 한 걸음 뒤로 물러섰다.

"글쎄요, 이토 씨. 제 눈에는 전부 하나의 동물에 지나지 않습니다."

"제 이름은 이와모토입니다만……."

"이와모토든, 이쓰키든, 아무래도 상관없습니다. 제 눈에는 사람이든 동물이든 간에 피가 흐르고 심장이 뛰고 숨을 쉬는 생물로 보입니다."

파들거리는 눈썹을 보니 이와모토는 자존심이 상한 것 같았다.

"계월 씨는 제법 영리한 줄 알았는데, 이런 무례한 태도는 평범한 조선인과 다를 바 없군요!"

이와모토의 얼굴은 어느새 학생에게 호통칠 때 내보이는 싸늘한 표정으로 되돌아와 있었다.

"내지인을 존중할 줄 모르는 조선인은 필요 없습니다!"

이와모토가 매일 학생들에게 달고 사는 말이었다. 그 말에 감히 대꾸하는 사람은 지금껏 아무도 없었다. 그러나 오늘 이와모토는 처음으로 제대로 된 적수를 만났다.

"말 상대를 해 주었더니 귀찮게 구는군!"

맞는 말이었다. 희덕은 속이 다 시원해져 무릎을 칠 뻔했다. 이와모토의 가느다란 콧수염이 후들거렸다.

"뭐…… 뭐라고요?"

희덕은 이와모토가 마구 화를 내며 발길질을 할 줄로만 알았다. 하지만 계월과 눈이 마주친 이와모토는 그 자리에서 얼어 버린 듯 꼼짝도 하지 않았다. 그리고 보이지 않는 사람에게 무릎 뒤를 걷어차이기라도 한 듯이 마룻바닥 위로 풀썩 쓰러졌다.

발작이라도 일으킨 걸까? 평소에 그리 못된 짓을 하더니 꼴좋다는 생각이 드는 것은 어쩔 수 없었다. 희덕은 계월이 당황한다면 돕기 위해 나갈 채비를 했다. 아무것도 듣지 못했고, 보지 못했다고 잡아뗄 생각이었다. 그러나 희덕은 다음 광경을 보고 전신이 얼음장 밑에 빠진 듯 움직일 수가 없었다.

이와모토가 완전히 쓰러지지 않도록 옷깃을 단단히 잡은 계월은 한쪽 무릎을 꿇고 입을 쩍 벌렸다. 희덕은 일전에 문틈으로 엿본 장면보다 노골적인 광경에 비명을 지르지 않기 위해 입술을 깨물어야만 했다. 고라니의 엄니만큼 커다란 두 송곳니가 계월의 입안에서 쑤욱 돋아났다. 그러곤 이와모토의 목이 사과인 양 크게 베어 물었다. 아니, 아니었다. 무언가를 꿀떡꿀떡 삼키고 있었다. 계월이 과육에서 즙을 빨듯이 맛있게 먹고 있는 것이 이와모토의 피라는 사실을 안 순간, 희덕은 후들거리는 두 다리를 붙잡고 기도를 시작했다. 하늘에 계신 아버지여! 이것이 꿈이 아니라면 당장 저를 구원해 주세요! 그러나 그것은 희덕의 바람일 뿐 하나님의 음성 대신 끔찍한 소리만이 들려왔다. 유 선생의 경우에서도 느낀 바이지만 그 과정은 절대 조용하지 않았다. 계월은 움찔거리는 이와모토의 몸에서 떨어져 입술을 소매로 닦았다. 이와모토는 장대 없는 허수아비처럼 옆으로 푹 고꾸라졌다.

'저러려고 매사 까만 옷을 입고 다니는 모양이지!'

조례 시간에 앤더슨 선생님이 한 말씀으로는, 신께서는 사람이 감당할 시험밖에는 내지 않고, 시험당할 즈음에 또한 피할 길을 낸다고 하셨다. 그러나 이 상황은 희덕이 감당할 수 있는 시험이 아니었다. 아마 목사님도 이 광경을 본다면 하나님을 찾기 전에 까무러치지 않을까.

계월은 이와모토의 팔 하나를 잡고 쌀가마니를 메듯이 어깨에 둘러메었다. 희덕은 다리가 풀려 옆에 있던 유리 장식장에 어깨를 부딪히고 말았다.

"거기 누구야?"

계월이 일본말로 쏘아붙였다. 희덕은 무릎으로 엉금엉금 기어 나왔다. 계월은 이와모토의 몸을 아무렇게나 툭 떨구었다.

"여기서 뭘 하는 거지?"

계월의 입 주변에는 어린아이가 석류에 입을 파묻고 마음껏 먹다가 즙이 흘러내린 것처럼 붉은 액체가 묻어 있었다. 그게 이와모토의 목에서 나온 피라는 생각이 들자 희덕은 까무러치려는 정신을 단단히 붙들어야 했다.

"저, 전 아무것도 못 봤어요!"

"거짓말하는 녀석은 딱 질색이야!"

계월이 얼음장같이 차가운 손으로 희덕의 귀를 잡아당겼다.

"아야!"

계월의 코와 희덕의 코가 맞닿을 정도로 가까운 거리에서 눈이 마주치고 말았다. 계월의 눈은 조선인이나 일본인처럼 검은색도 갈색도 아니고, 서양인처럼 파랗거나, 초록이거나, 회색도 아니었다. 그의 눈동자는 새벽 산 뒤에서 떠오르는 해처럼 붉은빛을 내고 있었다. 희덕이 계월을 처음 마주쳤을 때 착각한 것이 아니었다.

하지만 감상을 그만두고 이 우악스러운 손을 뿌리치지 못하면 희덕도 곧 이와모토처럼 패대기쳐질 게 뻔했다. 희덕은 팔을 뻗어 열린 서랍으로 손을 집어넣었다. 호랑이 굴로 들어가도 정신만 차리면 산다고, 희덕은 손에 잡힌 실험 가위를 마구 휘두르며 비명을 질렀다. 계월이 신음을 내며 물러섰다. 희덕이 흔든 가윗날에 계월의 옷이 찢어졌다. 항상 긴 소매에 덮여 있던 왼팔의 속살은 놀랄 만큼 흉터로 가득했다.

계월이 주춤한 사이, 희덕은 후들거리는 무릎에 힘을 실어, 쓰러져 있는 이와모토를 뛰어넘었다. 문밖으로 정신없이 도망쳐 나오면서도 희덕은 자신의 댕기를 계월이 확 잡아당길까 봐 겁이 났다.

"언니야!"

운동장에서는 점심을 먹고 난 학생들이 무리를 지어 소프

트볼을 하고 있었다. 저 멀리 계단 밑에 난초가 방망이를 들고 서 있는 모습이 보였다. 희덕은 왠지 모르게 안도감이 들었다.

언니를 부르는 목소리에 몇몇 상급생이 고개를 돌려 쳐다보았다.

"난초야, 쟈 느그 방 1학년 아이가?"

난초가 친구의 말에 고개를 돌렸다. 황급히 계단을 내려온 희덕은 난초의 소매를 붙잡았다.

"뭔 일이고?"

"그게, 사감 선생님이……."

거기까지 말하고 나니 말문이 턱 막혔다. 언니에게 무어라 말을 해야 좋을지 몰랐기 때문이었다.

"이, 이와모토 선생님이 쓰러졌어요!"

"왜?"

"사감 선생님 때문에요."

난초는 고개를 갸우뚱했다. 그러나 희덕이 하도 다급하게 재촉한 탓에 난초와 친구들은 서둘러 본관으로 향했다.

"그라문 내가 선생님 모셔 오께."

"희덕이는 나랑 위층에 올라가 보자."

그때였다.

“이봐, 교내에선 일본말을 써야 한다고 배우지 않았나!”

굵직한 목소리가 중앙 계단 위에서 들려왔다.

“흙 묻은 신발은 털고 들어와야지. 체육 용구를 건물 안까지 들고 오다니!”

분명 방금 전까지 표본실 바닥에 쓰러져 있던 이와모토가 멀쩡히 내려오고 있었다. 심지어 검은 교련복에는 피 한 방울 묻어 있지 않았다.

“네 녀석들, 학교 기물을 훔칠 생각은 아니겠지?”

난초는 깜짝 놀라 방망이를 치마폭에 숨겼다. 평소처럼 삿대질을 하는 이와모토는 조금 창백한 안색을 제외하면 방금까지 계월의 손아귀에 허수아비처럼 붙들려 있던 사람이라고는 믿기지 않았다.

“숨길 생각 하지 말고 빨리 제자리에 가져다 놓으란 소리야! 이래서 조선인은…….”

난초는 억울한 표정을 지었다.

“이 가스나야. 이제 니가 하는 말은 콩으로 메주를 쑨대도 못 믿겠다.”

밖으로 나온 난초는 옆에 선 희덕을 날카로운 눈으로 째려보았다.

“희덕이 야는 원래 거짓말하는 버릇이 있나? 무슨 호작질이고?"

난초의 옆방 친구마저 희덕을 나무랐다. 희덕은 운동장으로 돌아가는 언니들의 뒷모습을 보면서 입술을 깨물었다.

학교 안에서 무서운 일이 일어났는데 아무에게도 말하지 못하다니. 희덕은 훌쩍훌쩍 울며 복도를 하염없이 걸었다.

"무슨 일이에요?"

교장인 스크랜서 선생님이었다.

"구란사 선생님!"

희덕은 마음이 가라앉았다. 검소한 갈색 치마를 입은 교장 선생은 십 년 이상 성경 번역을 한지라 조선어가 능숙한 사람이었다.

"어디가 아픈가요?"

스크랜서는 가까이 다가와 희덕의 안색을 살폈다. 파란 눈에 인자한 얼굴을 한 스크랜서에게 희덕은 지금껏 본 모든 일을 털어놓으려 입을 열었다. 하지만 무심코 희덕의 눈이 향한 곳은 스크랜서의 친절한 눈도, 저 먼 복도에서 희덕을 발견하고 달려오는 계월도 아니었다. 스크랜서의 틀어올린 갈색 머리카락과 옷깃 사이로 드러난 목에는 굵은 꼬챙이 두 개를 손가락 하나 간격으로 찔러 넣은 자국이 선명했다. 이와모토의 목에서 보았던 것과 꼭 닮은 상처였다.

알거든 나서라

꿈에서 희덕은 유리를 끼운 진열장 안에 갇혀 있었다. 맞은편 진열장 안에 열을 맞추어 세워 둔 유리병 속 박제된 눈알들이 희덕을 쳐다보았다. 유리를 두드려 봐도 도무지 탈출할 수가 없었다. 거기에서 벗어나려면 어려운 자수를 완성해야 했는데, 아무리 맞는 자리에 수를 놓았다고 생각해도 엉뚱한 곳에 실이 꽂혀 있는 것이었다. 그러자 사이토 선생이 바늘로 희덕의 발가락을 찌르기 시작했다. 희덕은 천을 품에 안고 사이토 선생에게서 도망치기 위해 기와집 처마 밑으로 몸을 피했다. 안심한 순간, 마루 아래에서 하얀 손이 쑥 나와 희덕의 까만 교복 치마를 붙잡았다. 그 손의 주인은 싸늘한 얼굴을 한 계월이었다.

"으아악!"

희덕은 식은땀을 흘리며 깨어났다.

"희덕아, 희덕아!"

라동백의 목소리였다. 눈을 뜨자 익숙한 전등갓이 보였다. 동백과 난초, 언제나 차분한 단이까지 걱정스러운 표정으로 침대를 둘러싸고 있었다.

"좀 괜찮니?"

하지만 희덕은 다시 기숙사가 떠나가라 비명을 지를 수밖에 없었다. 그 옆에 계월이 앉아 있었기 때문이었다.

"에헤이, 희덕이……. 꿈에서 득음이라도 했나! 귀청 떨어지겠네!"

놀란 난초의 탄성에도 불구하고 희덕은 이 모든 일들이 꿈이길 바라면서 눈을 감았다. 호랑이 굴에서 도망쳤다고 생각했더니 도로 잡혀 와 호랑이가 앞발로 머리를 쓰다듬어 주고 있는 격이었다.

"지금은 괜찮은 것 같네. 아주 건강해."

희덕의 책상 의자를 차지하고 앉아 있던 계월이 입을 열었다.

"몸이 허하면 똑같은 학교생활도 고단하게 느껴지는 법이야."

단이가 희덕을 안쓰럽게 바라보며 말했다.

"사감 선생님이 널 방까지 업고 와 주셨단다. 감사하다고 해야지."

희덕의 꾹 다문 입 사이로 훌쩍훌쩍 울음이 터져 나왔다. 대답을 기다리던 계월은 그 모양을 한참 동안이나 내려다보았다.

"울 기운이 남아 있는 걸 보니까 아무 이상 없나 보네."

"희덕아, 선생님께 인사 안 하니."

이게 모두 저, 저 잔혹한 사람 때문이라고요! 하지만 희덕은 도무지 입이 떨어지지 않았다. 당장 그 말을 입 밖으로 내는 순간 언니들 또한 이와모토와 똑같은 꼴을 당하게 될 것만 같았다.

계월은 희덕에게 다가왔다. 희덕은 이불 속으로 한껏 몸을 움츠렸다. 그러나 짐작과 달리 이마에 닿은 것은 날카로운 송곳니가 아니라 시원한 손바닥이었다. 계월은 잠시 희덕의 이마와 눈을 가리고 아무것도 하지 않았다. 머릿속에 어머니와 아버지, 할아버지, 그리고 갓난아이를 기르고 있을 언니가 떠올랐다. 이런 경험을 하려고 경성에 온 건 아닌데. 깊은 후회가 들었다.

희덕은 어려서부터 묘하게 담이 컸다. 남자애가 먼저 댕기를 잡아당기길래 들고 있던 바가지가 깨지도록 머리를 쳤다. 맞은 아이가 제 어머니의 치마폭을 잡고 억울하다 울길래 희덕은 그걸 따라가서 왈칵 욕을 했었다. 그 일로 희덕은 어머니에게 볼기짝이 터지도록 맞아야 했다. '네 언니처럼 말 좀 들어!' 하지만 희덕은 그런 걸 참을 수 있는 사람이 있고, 참을 수 없는 사람이 있나 보다고 또박또박 말대답을 했다. 할아버지는 크게 될 인물이라며 너털웃음을 터뜨렸었다. 그런 성격은 어쩐지 경성에 와서도 변하지 않았다. 무서운 것도 눈을 부라리며 보리라는, 끝까지 기억에 담아 두리라는 의지가 있었다.

지금도 마찬가지였다. 계월이 자신에게 무슨 짓을 한다면, 희덕은 그걸 끝까지 눈으로 똑똑히 보고 싶었다.

계월이 희덕의 눈에서 손을 떼었다. 희덕의 눈앞에 보인 것은 전부 바닥에 쓰러져 있는 언니들이었다.

"언니!"

희덕을 돌아본 계월의 눈은 이전에 본 것과 같이 불타는 붉은색이었다.

"도…… 도대체 이게 뭣 허는 짓이요!"

희덕은 계월의 눈을 똑바로 쳐다보고 고함쳤다. 목소리가 덜덜 떨렸다.

"이 나쁜 사람! 천벌을 받을 사람 같으니라고! 도대체 언니들한테 무슨 짓을 한 거예요?"

희덕은 두 손으로 계월을 밀쳤다. 그러나 계월은 희덕의 양 팔목을 한 손으로 쥐고는 간단하게 침대 위로 눕혀 버렸다.

"너야말로 도대체 무슨 짓을 한 거야?"

계월도 똑같이 소리쳤다. 희덕은 얼떨떨해졌다.

"허기는 뭘 허요, 일은 본인이 다 저질러 놓고서는! 수학 선생님도, 생물 선생님도, 교장 선생님도, 사감 선생님이 목에 구멍을 내 놓은 거 아닙니까?"

만약 여기서 잘못되면 바깥에 있는 언니들이 내 시신을 어머니에게 보내 주려나? 희덕은 아직 하고 싶은 게 많았다. 경애에게 피아노도 더 배우고, 선교사님께 미국 말도 더 배워야 하는데! 게다가 아직 아버지와 어머니에게 편지 한 통 받지 못했다. 어느새 검은 눈동자로 돌아온 계월은 어깨를 떠는 희덕을 내버려 두고 쓰러진 세 학생에게로 다가갔다. 희덕은 사감 선생이 무슨 못된 짓을 할까 싶어 숨을 삼켰지만 계월은 마룻바닥에 제멋대로 쓰러진 학생들을 추슬러 각자 침대 위에 올려놓았을 뿐이었다.

"내가 널 해치고 싶었으면 벌써 해쳤겠지, 안 그러니?"

계월은 그런 말을 하면서도 뭔가 잘못된 것을 느꼈다. 도대체 왜? 자신의 능력이 통하지 않는 사람은 처음이었다. 일본에서 겪은 고초로 어딘가 이상해져 버린 걸까? 그렇다기엔 이 아이를 제외한 다른 인간들은 여전히 자신의 능력으로 조종할 수 있었다. 그렇다고 곤란할 거야 없지. 이런 조그마한 여자아이 해치우는 건 일도 아니니까. 하지만…… 계월은 생각했다.

결심했잖아. 과거와 똑같은 잘못은 저지르지 않기로.

"나는……."

계월은 입술을 떼었다. 이 말을 하는 데엔 꽤 큰 결심이 필요했다. 흡혈마가 된 이후로 칠십 년이 넘는 세월 동안 한 번도 입 밖으로 내 본 적이 없는 말이었다.

"난 피를 마셔. 살아 있는 생물의 피를 말이야."

희덕의 표정이 참으로 우스웠다. 동그랗게 뜬 눈에서 감정이 솔직하게 읽혔다. 계월은 자신이 이렇게 무언가를 거짓 없이 털어놓은 지 너무나 오래되었다는 사실을 알아차렸다. 마지막으로 진실을 말했던 적이 언제였던가?

*

불란서 군인들이 강화도를 불태운 병인년이 지나고 정묘년 설 무렵이었다. 한 규수가 산속에서 눈발에 묻혀 다 죽어

가는 서양 남자를 발견했다. 그는 서툴게나마 조선말 몇 마디를 읊었다. 불란서 함대를 타고 들어왔던 군인 중 하나였다. 강화도에서 알아주는 부잣집의 따님이었던 규수는 별채에 딸린 광 한편에 남자를 두고 집안 어른들 몰래 필요한 것들을 가져다주었다. 어느 날 규수의 혼례 상대가 정해졌다. 규수는 남자를 붙잡고 하소연을 했다. 규수는 자신의 모든 이야기들을 처음으로 털어놓았고, 그는 알아들었다는 듯 고개를 끄덕이며 규수의 손을 잡았다. 그의 손은 겨울을 밖에서 난 탓인지 유난히 차가웠다. 이윽고 남자의 입에서 몰라보게 능숙해진 조선말이 나왔다. 이제 규수가 고개를 끄덕일 차례였다. 아마 조선어가 아니었어도, 그 말을 알아듣지 못했어도 남자의 눈동자를 보고 규수는 모든 뜻을 짐작했을 것이다. 그리고 운명을 내맡겼을 것이다.

나와 함께 갑시다.
신의 은총도, 악마의 축복도 함께 있을 것이오.

*

안국동을 지나는 전차는 자전거보다 약간 빠른 속도로 큰

길을 가로질렀다. 스치는 바람과 왁자한 사람들이 섞인 거리 풍경은 일주일에 한 번뿐인 외출을 나왔음에도 희덕의 눈에 잘 들어오지 않았다.

피를 마셔야 사는 인물이라니! 김치나 밥에 젓가락도 안 대는 건 워낙 서양식을 따르는 까탈스러운 성격 때문이라 생각했는데. 사감은 아무 일 없다는 듯이 희덕을 모른 척했다. 희덕만 입을 다물면 아무도 모를 일이라는 듯 행동했다. 하지만 희덕에겐 여전히 풀리지 않는 의문이 남아 있었다. 희덕은 사람들이 계월과 눈이 마주치면 풀썩풀썩 쓰러지는 것이 이해되지 않았다. 그러면 나는 왜 멀쩡한 거지?

“얘, 희덕아! 무슨 생각 하니?”

“어, 응!”

함께 외출을 나온 경애가 희덕의 등짝을 밀었다. 광화문 통에서 탄 전차는 눈 깜짝할 사이에 남대문 통에 도착해 있었다. 경애랑 외출을 나온 적은 여러 번이었지만, 전차를 타고서 종로까지 내려온 것은 처음이었다. 바깥 공기를 쐬니 머리가 조금 맑아지는 기분이었다. 장작을 파는 소년들이 거리에 나귀를 끌고 나왔다. 아직 황금정까지 내려가지 않았는데도 2층, 3층짜리 번화가를 구경하자니 고개를 어디로 두어야 할지 몰라 두리번거렸다.

"이거 받아."

경애는 이런 길이 익숙한 듯, 그새 두 개에 10전 하는 모나카를 길거리 상인에게 사 와서는 손에 하나 쥐여 주었다. 희덕은 모나카의 단맛이 사라지지 않도록 혀 밑에 두고 즐겼다. 둘은 한참 동안이나 청계천에서 빨래하는 여성들을 보며 시답잖은 농담을 주고받았다. 인적 없는 주택 사이로 들어서자, 경애가 아까 꺾은 강아지풀로 희덕의 어깨를 두드렸다.

"임희덕, 너도 알지?"

"어, 응. 알지, 알다마다."

희덕은 입속에 남은 마지막 모나카의 흔적을 우물거리며 말했다.

"에라이, 모자란 사람아. 뭔지 이야기도 안 했어."

경애는 아무도 없는 것을 살피더니 희덕의 귀에 입을 가까이 대고 속삭였다.

"새로 온 사감 선생님 말이야."

입안에 있던 과자가 꿀꺽 넘어갔다. 희덕은 다음에 올 말이 무엇인지 무서워 덜컹, 심장이 떨어졌다. 경애도 아는 걸까?

"사감이 이상한 짓을 하고 있어. 그건 확실해."

"그…… 그래?"

희덕은 문득 이 사실을 자기만 아는 게 아니라 다행이라는 생각이 들었다. 하긴! 학교에서 그 난리를 쳤는데 아는 사람이 희덕밖에 없을 리 없었다.

"당연하지! 차림새부터 아주 기묘하잖아."

"맞아. 정말 그래."

희덕은 맞장구를 쳤다.

"게다가, 이 학교에는 그 선생님을 싫어하는 사람이 아무도 없어. 이건 전대미문의 일이야."

희덕은 댕기가 위아래로 흔들리도록 고개를 격하게 끄덕였다. 역시 똑똑한 친구야! 경애는 씩 웃어 보였다. 그리고 검지를 들어 경복궁 쪽을 가리켰다.

"새로 온 사감은, 일본 총독부의 스파이야!"

희덕은 흔들던 고개를 멈추고 눈을 끔뻑였다.

"여기가 우리 집이야. 들어와!"

본가가 이 근방이라는 말에 희덕은 집이 몇 채나 뒤로 사라지도록 경애를 따라 언덕을 올랐다. 가장 큰 집이 남았길래 설마하니 저 집인가 했더니만, 희덕이 뭐라 묻기도 전에 경애는 열린 솟을대문으로 쑥 들어갔다.

"아이고, 시상에! 아씨 오셨습니까!"

빗자루를 내팽개치고 허겁지겁 달려 나와 경애를 맞이한 늙은 행랑아범은 희덕에게도 허리를 푹 숙여 인사했다. 육십이 다 되어 보이는 어르신이 고개를 숙이니 희덕은 저도 모르게 허리를 90도로 굽혀 인사하고 말았다. 대궐 같은 기와집은 사랑채만 해도 오십 칸이 훌쩍 넘어 보였다. 정원에 난 산책로를 지나 중문으로 들어가자 중앙에 감나무가 심어져 있는 마당과 ㄱ 자로 이루어진 안채가 나왔다.

안채 옆에서 저녁 준비를 하던 부엌어멈이 나오더니 고개를 꾸벅 숙였다.

"아가씨, 아버님께선 자작님 댁 약속으로 저녁 늦게나 들어오신답니다."

"알았어요. 어차피 그 전에 학교로 돌아가야 해요."

"작은 마님은 경치 구경을 하러 가셨고요."

"그래요? 여전하신가 보네요."

"그리고 도련님은……."

부엌어멈은 무언가 더 할 말이 있는지 눈치를 살폈다. 희덕은 민망해 고개를 돌려 천천히 정원을 거닐며 구경하는 척했다. 정작 경애는 댓돌 아래에 구두를 벗어 놓느라 그런

낌새를 알아채지 못한 것 같았다.

“동무랑 나누어 먹게 다과상 좀 내와요.”

경애는 마당에 심어진 꽃들을 헤아리고 있던 희덕을 손짓해 불렀다. 그제야 희덕은 고무신을 댓돌 아래에 벗어 놓으려 다가갔다. 대청마루에는 다다미 비슷한 대나무 자리가 깔려 있고 그 위에 나무 탁자와 서양식 소파가 놓여 있었다. 열어 둔 창으로는 무성한 감나무가 보이고 뒤뜰에는 희덕이 이름을 알 수 없는 원색의 꽃들이 보기 좋게 피어 있었다. 어느새 일하는 아주머니가 풋사과와 떡을 접시에 담아 가져왔다.

경애는 떡을 하나 입에 물고는, 정원 풍경을 보고 있는 희덕을 불렀다.

“이런 얘기는 학교에선 꺼내기가 힘드니까.”

멍하니 있던 희덕이 돌아보자 경애는 답답하단 표정을 지었다.

“스파이 얘기 말이야!”

“그런데 왜 스파이라는 거야? 우리 학교에 뭐 볼 게 있다고.”

“얘는, 우리 학교도 작년 2월에 단체로 시위를 했었잖아.”

“그랬었다고?”

"그래, 재작년에 광주에서 일본 남학생이 조선 여학생을 희롱한 사건 때문에 전국 학생들이 난리가 났었을 때……. 워낙 일본인들이 조선 학생들을 차별하니, 경성 학생들 사이에서도 만세 운동이 번졌는데 우리 학교 선배 중에도 시위한 사람이 있었대."

"그런 일이 있었다니, 전혀 몰랐어."

희덕은 경애가 그런 소식을 알고 있다는 사실에 존경심이 들었다.

"그중엔 퇴학당한 사람도 있는데, 그 세력이 아직도 우리 학교에 남아 있다는 거지. 새로 온 사감은 학생들과 친해져서 정보를 얻으려 하는 게 틀림없고 말이야!"

'얻고 싶어 하는 건 정보라기보단 다른 것 같았는데…….'

희덕은 자신의 생각을 말해야 할지 곰곰이 고민하다 경애가 대청마루 옆에 바로 붙어 있는 미닫이문을 열자 까맣게 잊어버렸다. 경애가 쓰는 안채의 가장 큰 방은 나무 창살 사이에 섬세하게 유리를 끼워 넣은 창에 하늘하늘한 레이스 커튼이 달려 있었고 그 사이로 바깥 정원이 그림처럼 보였다. 비단 이불이 다소곳하게 덮여 있어 푹신해 보이는 일인용 침대는 기숙사 생활을 하여 쓸 일이 없는데도 하인들이 매일 청소를 하는 모양이었다.

희덕은 워낙 검소하고 강단 있는 성격인 경애가 이런 방에서 지냈으리라고는 생각조차 하지 못했다. 경애도 알아차렸는지 "아빠 취향대로 꾸며놓은 거야!"라며 얼굴을 붉혔다.

"이건 진짜 은장도니?"

희덕이 대나무 필통 안에 꽂혀 있는 세공된 칼을 가리켰다.

"응, 맞아. 엄마가 쓰시던 건데, 칼날까지 은으로 만들어졌대."

손가락 굵기만 한 작은 칼이었지만 사과에 대고 살짝 힘을 주자 깔끔하게 두 동강이 났다.

희덕이 가장 감탄한 부분은 방 안에 있는 책장이었다. 책장을 보자 경애가 왜 그리 사리에 밝은지 짐작할 수 있었다. 지금까지 서점이나 학교 도서실에서 보았던 것을 제외하고 가장 큰 떡갈나무 책장이었다. 벽 한쪽을 차지한 책장에는 두꺼운 책, 얇은 책, 일본어 책, 로마자로 쓰인 책, 한지로 만든 서책은 물론이고 『동의보감』부터 투르게네프의 소설집까지 빽빽이 꽂혀 있었다.

"읽고 싶으면 가져가서 읽어도 돼. 오빠가 방을 얻어서 나간 이후로 오빠 방에 있던 책들을 전부 내 방에 옮겨다 놓았거든."

"오빠가 있어?"

“응.”

경애는 알쏭달쏭한 표정으로 대답했다.

오빠라니! 희덕은 경애와 비슷한 안경을 쓴 생김새에 좀 더 나이가 들고 퉁명스러운 표정의 남자가 책들을 뒤적이는 모습을 상상해 보았다. 경애와는 다르게 안경 너머로 음울한 기색이 가득한 하이칼라 스타일에 다듬지 않은 수염을 기른 얼굴이 떠올랐다. 희덕은 가장 손때가 많이 묻어 보이는 책을 집어 들었다. 두꺼운 종이 표지가 너덜너덜하게 다 찢어져 가는 책은 의외로 서양의 괴담을 모아 둔 책이었다.

‘경애는 스파이라고 생각하는구나. 하긴, 그런 능력을 가진 사람이 스파이가 아니라는 법은 없지.’

희덕은 경애가 변소에 다녀올 동안 대청의 소파에 앉아 늑대 인간이니, 유령이니 하는 흥미로운 기사를 읽으면서 떡을 우물거리고 있었다. 펜화로 그린, 양 송곳니가 입술 밖으로 삐져나온 남자의 얼굴을 들여다보고 있을 때였다. 창문 밖으로 그림자가 휙 지나가 희덕은 포크를 떨어뜨렸다. 에구머니! 떨어진 과일을 주우려는 찰나, 열린 창을 통해 흰 셔츠를 입은 상체와 쭉 뻗은 다리가 훌쩍 넘어 들어왔다.

“아이고매! 뭐여, 이것이!”

희덕은 창문으로 출입하는 청년을 보고 소리를 지르고 말았다.

도둑이라면! 희덕은 자기도 모르게 뾰족한 사각 액자를 들어 내리칠 준비를 했다.

"자, 잠깐!"

침입자는 손을 내저었다.

"그건 우리 어머니 사진이라고!"

희덕이 멈칫한 사이에 경애가 달려왔다.

"오빠!"

오빠라고? 희덕이 놀란 틈에 청년은 긴 다리를 방 안으로 들였다. 정원에 심어 둔 풀을 헤치고 들어오느라, 각이 잡혔던 게 분명한 흰 셔츠와 까만 바지 여기저기에 거스러미가 묻어 있었다. 하지만 머리를 깔끔하게 빗어 넘긴 남자는 신경도 쓰지 않는 듯 씩 웃어 보였다.

"미안, 놀랐지. 아버지 몰래 들어오느라…… 안채로 들어올 수밖에 없었어."

남자는 오른손을 쑥 내밀더니 사람 좋게 웃어 보였다.

"일균이라고 한다."

일균이 활짝 얼굴을 펴서 웃자 희덕은 어딘가에서 산들바람이 불어오는 듯한 느낌을 받았다. 주춤주춤 내놓은 제 오른손을 일균이 꾹 잡았다 놓자 희덕은 얼굴이 확 달아오르고 말았다.

“얜 희덕이야.”

‘경애가 그동안 웬만한 활동사진 배우에는 눈 하나 깜짝하지 않았던 이유를 알겠네…….’

“아버지한텐 나 왔다고 절대 말하지 마라. 어차피 잠깐 책만 가지러 온 거니까.”

“아버지는 저녁까지 없을 거래. 자작 파티에 갔다던데.”

“파, 파티?”

희덕은 파티란 곳에 가는 사람도, 그 단어를 육성으로 내뱉는 사람도 처음 보았다.

“아, 희덕인 몰랐니? 우리 아빤 나라 팔아먹은 족속 중에 하나거든. 일본 군부에 손바닥 비비는 걸 잘하는 사람이지.”

일균은 씁쓸하게 웃었다. 경애가 두 손을 허리에 얹으며 말했다.

“볼일 끝났으면 가 주시지요? 우린 학교에서 스파이를 쫓아내야 해서 바빠.”

“스파이라고? 무슨 스파이?”

“새로 온 사감 선생이 수상하거든.”

일균은 팔짱까지 끼고는 흥미 띤 눈빛으로 경애를 지켜보았다. 경애는 자신에게 시선이 집중된 걸 알고는 목을 가다 듣고 말했다.

"세상은 사람들이 쉽게 의심하지 못하게끔 못된 것일수록 좋아 보이는 껍데기를 씌운다고. 이제 나도 여학생이 됐으니, 스스로 올바른 길이 무엇인지 찾아야 하지 않겠어? 허정숙 선생님이나 나혜석 선생님께서는 본인의 인생을 위해 절대로 남들이 하라는 대로 고분고분 따르지는 않았어."

일균은 생각에 잠긴 표정이었다.

"그래도 네 나이 때는 얌전히 공부를 하는 게 좋지 않니."

"오빠야말로 그런 소리를 할 입장이 돼?"

경애가 날카롭게 쏘아붙였다. 희덕은 얼굴이 점점 식어 등에서 땀이 흘렀다. 부루퉁한 표정을 짓고 일균을 쏘아보던 경애는 바깥에서 아주머니가 부르자 일균과 희덕만 남기고는 이내 조르르 달려가 버렸다.

"경애는 똑똑해서 그래요."

일균은 동생에게 냉정한 소리를 들었는데도 기분 나쁜 기색 없이 너그럽게 고개를 끄덕였다. 희덕은 언제나 제 할 말을 당당히 하는 경애가 어떻게 그런 습관을 얻게 되었는지 조금 알 것 같았다.

"희덕이라 했지? 너도 빌려 가고 싶은 책이 있으면 언제든 빌려 가렴."

일균이 상냥한 미소를 짓자 희덕은 이제 뭐든지 괜찮아질 것 같은 기분이 들었다.

"이걸 가져가도 될까요?"

"서양 귀(鬼)의 형태와 양상."

일균은 희덕이 내민 책을 보고 제목을 읽었다.

"아하, 희덕이는 괴이한 이야기에 관심이 많은가 보구나."

일균은 상쾌하게 웃었다.

"이렇게 무서운 책을 읽다가 밤에 잠이 안 온다고 나를 나무라면 안 된다. 알겠니?"

희덕은 어쩐지 이 책을 너덜거리게 읽은 사람이 일균이라는 생각이 들었다.

"이런 사람들이 정말로 있나요?"

"글쎄, 이건 사람들이 만들어 낸 이야기의 소재일 뿐이야. 전설 속에 나오는 도깨비나, 백두산에 사는 천년 묵은 호랑이나, 큰 강에서 소원을 들어주는 용신 같은 거지."

"하지만 혹시라도 모르는 거잖아요? 세상에는 여러 기이한 일들이 있으니까요."

"그래? 그렇게 생각하면, 가져가서 한번 읽어 보도록 해."

일균은 바깥에서 누가 오는지 살폈다. 아주머니가 경애와 두런두런 이야기하는 소리가 점점 가까워졌던 것이다. 희덕이 고개를 돌리자 일균은 이미 대청마루에 딸린 창틀을 넘고 있었다.

“기이한 일들은 아직 과학으로 해명되지 않았을 뿐이야. 하지만 가끔은…… 그래, 세상에 우리가 이해할 수 없는 일들이 존재한다는 사실도 알아 둬. 나름으로는 살아가는 데 도움이 돼.”

그렇게 덧붙인 일균은 어느새 바깥 마루를 내려가 꽃들을 밟지 않게 조심하며 뒤뜰을 가로질렀다. 그는 희덕이 인사를 마치기도 전에 돌을 디디고 긴 다리로 담을 훌쩍 넘어 사라졌다.

기숙사로 돌아왔을 때엔 이미 통금 시간이 지나 있었다. 입구에서 아직 들어오지 않은 기숙사생을 감시해야 할 계월은 학생들이 늦게 들어오든 말든 관심이 없는 듯 자리를 비웠다.

“내가 뭐랬어?”

경애가 사감실 창턱에 아무렇게나 놓여 있는 외출 장부에 시간을 적어 넣으며 말했다. 희덕은 두꺼운 책을 치마폭에 잘 감추고는 방으로 올라왔다.

경애의 집을 나설 때 사랑채 마당에서 마주친 경애의 아버지는 신사적으로 보였다. 일균이 말한 것처럼 조선인의 고혈을 빨아먹는 사람은 아닌 것 같았다. 그러나 친구라는 경애의 소개에도 김 사장은 희덕의 낡은 치맛단과 고무신을 한번 흘끗 보고서는 아무 말 없이 고개를 돌렸다. 희덕은 자신을 훑어보고 사람을 재단하는 그의 시선이 꺼림칙했다.

희덕은 밤이 깊을 대로 깊어 동백과 난초가 서로 소곤거리며 주고받는 말이 멈출 때까지 눈을 뜬 채 기다렸다. 달빛에만 의지해 빌려 온 책을 꺼내니 제목을 읽기에도 어두웠다. 침대에서 내려온 희덕은 서랍에서 찾은 기름등에 성냥을 그었다. 소리가 나지 않게 성냥을 불어 끄고, 기억해 둔 쪽수를 펼쳐 보았다.

흡혈마吸血魔의 모든 것!

: 이런 인물이 있다면 필히 주의를 기울일 것!

얼굴이 유난히 창백하고 얼음장처럼 손발이 찬 인물!

햇빛을 좋아하지 않는다!

밤에도 잘 잠들지 않는 인물!

독특한 매력을 가진 인물! (흡혈마는 매우 매력적인 용모를 하고 접근하기 마련! 속된 욕망에 빠지지 않도록 주의할 것!)

동물이나 인간의 생피를 마시는 인물!

제일 좋아하는 건 처녀의 피!

희덕은 계속 읽어 내려갔다.

흡혈마의 기분을 거스르지 마시오. 어디서 당신을 노리고 있을지 모릅니다.

남의 마음을 조종하는 것이 가능합니다.

박쥐나 검은 고양이와 같은 불길한 생물을 부릴 줄 압니다.

순수한 은으로 만들어진 무기로 공격하거나 심장에 말뚝을 박을 시 그를 제거할 수 있습니다.

이하 흡혈마를 목격한 자들의 투고입니다.

청진동 이가(25세): 본인은 밤중에 길을 가다가 한 노신사와 마주쳤습니다. 그는 검은 모직 코트를 입고는 유난히 빛나는 송곳니를 가지고 있었습니다. 나는 평소에도 유럽 괴기 컬처에 관심이 많아 활동사진과 문학을 통해 흡혈마에 대해 알고 있었기 때문에 그를 구분하는 건 어렵지 않았습니다.

황 아무개(17세): 나는 누군가가 오이밭 가운데서 짐승을 물어뜯고 있는 걸 보았습니다. 그것은 머리를 산발한 여성의 모습이었습니다. 처음에는 전설의 구미호라고 생각했습니다만, 아니었습니다. 구미호라면 아홉 꼬리가 있어야 하기 때문입니다. 내가 본 것은 아무래도 흡혈하는 서양 귀가 아니었던가 싶습니다.

아무리 봐도 계월과 비슷한 묘사였다. 어쩐지 무서운 기분은 들지 않았다. 만에 하나 이게 진짜라면, 계월을 어떻게 대해야 할지 곤란한 생각이 들 뿐이었다. 물론 그 아이 손가락만 한 송곳니는 무서웠지만, 계월의 낡은 가방은 이민자나 고학생들의 가방을 연상케 했다. 만약 경애의 말대로 스파이라면? 하지만 이와모토를 그리 사정없이 물어뜯은 걸 보면 일본의 편을 든다고 할 수 있는 걸까?

희덕은 계월의 가느다란 팔에 뒤덮인 상처를 떠올리곤 몸을 떨었다. 도대체 어디서 무얼 하면 살갗에 그리 거무죽죽한 흉터가 날 수 있는 걸까? 밖에서 부엉이가 울었다. 세상은 이해할 수 없는 일투성이였다. 희덕은 경애네로 가다 본 강둑 밑의 다 쓰러져 가는 집들에 대해 생각하며 잠이 들었다.

팬터마임

"희덕아, 공 받아야지!"

체육 선생이 호루라기를 불었다. 희덕은 그제야 정신이 번쩍 들었다. 그러나 이미 던져진 배구공은 두 팔을 뻗기도 전에 얼굴을 강타했다.

"다섯 개째야."

긴 바지를 입은 체육 선생은 옆구리에 손을 얹고 희덕에게 다가왔다.

"이건 몸의 문제가 아니야. 마음의 문제구나. 그렇지?"

반바지를 입은 같은 반 학생들이 희덕을 빤히 쳐다보았다. 희덕은 고개를 숙였다.

"아니에요. 몸이 아픈 것 같습니다."

체육 선생은 남은 시간 동안 희덕을 그늘에서 쉬게 했다.

맨손 체조를 시작한 학생들은 구령을 외쳤다. 희덕은 나무 아래 앉아 무릎에 얼굴을 파묻었다. 몸을 가만히 두니 마음이 걱정으로 가득 차올랐다.

'어제 새벽까지 이상한 책을 읽어서일까?'

희덕은 생각했다. 집에 편지라도 보내고 싶지만 이런 이야기는 도무지 어디에서부터 써야 할지, 걱정을 끼치는 것은 아닌지 겁이 났다. 게다가 고향 집에 무슨 일이라도 생겼는지, 소식이라고는 전혀 없었다.

희덕은 학교 건물이 있는 계단 위 언덕을 바라보았다. 검은 옷을 입은 계월이 양산을 쓰고 기숙사로 천천히 들어가는 모습이 보였다. 학교 안에서 양산을 써도 뒷말이 나오지 않는 사람은 계월뿐이었다.

일균이 빌려준 책에선 흡혈귀는 태양을 싫어하고, 십자가를 보면 꼼짝도 못 한다고 쓰여 있었다. 그러나 계월은 낮에도 태연히 돌아다니고, 십자가에 꼼짝 못 하기는커녕 십자 목걸이를 한 선교사 선생님들과 이야기를 나누며 뻔뻔하게 사택에 모여 기도를 드리기까지 했다. 불청객 같은 서양 귀가 아니라 팔자 좋은 귀객 대접을 받는 게 계월의 능력 중 하나라고 한다면, 흡혈마라는 것도 살면서 한번쯤은 해 볼 만한 짓처럼 보이기도 했다.

'일균 오라버니가 말했던 것처럼 다르게 생각해 볼 수도 있지 않을까?'

위나 간이 좋지 않거나, 신장, 비장이라든가 하는 몸속 장기가 뜨끈하고 비린 국물만 먹어야 한다고 아우성친다면 말이다. 세상에는 다양한 사람들이 살아간다. 눈이 안 보이는 사람도, 팔이 없는 사람도 있다. 보통학교에서 한글을 가르쳐 준 선생님은 귀가 심하게 어두웠지만 가르치는 데 지장은 없었다. 쌀밥이나 김치로 목숨 연명이 안 되고 꼭 뜨끈한 피를 마셔야 한다면 그것도 병원에서 원인을 찾아봐야 하는 일이 아닌가. 이런 얘기를 계월에게 쭈뼛쭈뼛 꺼내니, 넌더리를 내며 희덕의 눈앞에서 사감실 문을 닫아 버렸다.

"문 닫고 무얼 하시려고요? 또 사람 모가지를 물……."

분명 입속으로만 주워섬겼을 뿐인데도, 계월은 그 소리를 어찌 알아채고는 문을 열어 희덕의 발밑에 핏기 없는 죽은 생쥐 두어 마리를 내동댕이쳤다. 사색이 된 희덕은 비명도 지르지 못하고 한달음에 방으로 올라와, 다음 날까지 기숙사에 꿍하니 앉아 있었다.

"희덕아!"

옆방의 철진이 방문 밖에서 희덕을 불렀다. 희덕은 계속 아픈 배를 끌어안고 고개만 겨우 내밀었다.

"사감 선생님이 면회실로 내려오래."

'엄마가 오신 게 분명해!'

희덕은 벌떡 일어나 식당으로 달려 내려갔다. 식당은 화요일 오후마다 면회실로 쓰였다. 긴 탁자와 의자는 벌써 빈자리를 찾기가 힘들 정도로 학생과 외부인들로 차 있었다. 그러나 아무리 찾아봐도 언니나 부모님의 얼굴은 보이지 않았다. 입구에 나무 의자를 하나 두고 거만하게 앉아 있던 계월이 창가를 가리켰다. 창가에는 감색 재킷을 걸친 청년이 손을 흔들고 있었다. 일균이었다.

"저, 저 말인가요?"

일균은 얼떨떨한 얼굴의 희덕과 눈이 마주치자 고개를 끄덕였다. 희덕은 탁자를 지나 주춤주춤 일균에게로 향했다. 어쩐지 면회실에 있는 사람들의 눈이 전부 자신과 일균에게 쏠려 있다는 생각이 들었다. 어느 정도는 사실이었다. 외부 남학생과 편지만 주고받아도 이런저런 이야기가 맴돌기 마련인 여학교에서 일균처럼 멀끔한 청년과 단둘이 마주 앉아 있는 그림을 보이는 것은 희덕이 가장 피하고 싶은 일 중 하나였다.

긴장한 희덕에 비해 일균은 그런 일들이 신경조차 쓰이지 않는 듯했다. 일균 오라버니에겐 익숙한 일일까? 희덕은 그의 미소 띤 얼굴을 보자 궁금해졌다.

"연락을 안 하고 왔더니, 경애가 자리에 없다길래."

일균은 속도 모르고 자리에서 일어나 희덕을 맞이했다.

"오늘은 외출을 한다고 들었어요."

희덕은 고개를 끄덕였다. 도통 무슨 말을 꺼내면 좋을지 몰라 어색하게 탁자 모서리만 보고 있는 희덕을 향해 일균이 둘에게 친숙한 화제를 꺼냈다.

"아, 그때 빌려 간 책은 다 읽었니?"

"네, 다 읽었어요!"

그제야 숨통이 트인 희덕이 고개를 들었다.

"특히……."

하지만 곧 저와 일균을 쏘아보는 누군가의 시선을 느낀 희덕이 힐끔 뒤를 돌자, 팔짱을 낀 계월이 이쪽을 지켜보고 있었다. 뒤통수가 따가워진 희덕은 하려던 말을 삼키고 말았다. 희덕은 일균에게 물어보고 싶은 것이 많았지만 책에서 본 이야기가 사실이라면, 희덕이 본 사람 중 흡혈마와 가장 비슷한 인물인 계월은 지금 일균과 자신이 무슨 말을 하는지 꿰뚫어 보고 있을 터였다. 그런 능력을 지녔다면 나라에서 큰일이라도 맡아 할 것이지 도대체 왜 이런 여학교 한 구석에 있단 말인가?

"네가 책을 좋아하는 것 같아 좀 챙겨 왔어."

일균은 책이 서너 권 들어 있는 책보를 꺼내 넘겨주었다. 경애에게 주어야 할 것도 있고, 되도록 학습에 도움이 되는 걸로 골라 왔다는 말도 잊지 않았다. 희덕은 어색하게 고개를 두어 번 끄덕였다.

"너희가 말한 사감 선생님이 저분이구나."

일균은 희덕이 입을 다물고 있는 이유를 알겠다는 듯이 탁자를 손가락으로 톡톡 두드렸다.

"엄청 무서운 분인가 봐."

희덕은 계월을 흘끔 바라보았다. 착각인지 모르겠지만 다시 장부를 들여다보고 있던 계월의 눈썹이 씰룩거렸다. 희덕은 일균에게도 겨우 들릴 만한 작은 목소리로 물었다.

"일균 오라버니는 세상에 이형의 존재가 있을 수 있다고 믿나요?"

"그런 괴담은 괴이한 소문을 퍼뜨려 관심을 얻고 싶은 사람이나 만들어 낼 만한 이야기지."

"괴담요?"

"나도 흡혈마 전설은 책에서 많이 읽어 알고 있어. 그건 아주 오래전 옛 중세 시대의 유럽에서 내려온 이야기야. 마치 우리나라의 구미호나 도깨비 같은 전설이지. 쉽게 말하면 미신이란 소리야."

일균은 진지한 얼굴로 말을 이었다.

"이런 괴물에 관한 이야기는 그 당시 상식으로 밝혀내지 못했던 식습관이나 병증을 가진 사람들에 대한 오해에서 비롯했을 가능성이 커. 하지만 지금은 옛사람들이 이해하기 어려웠던 괴이한 현상을 과학적인 이치를 통해 충분히 설명해 낼 수가 있지. 아마 피를 마시고, 밤중에 돌아다니고, 힘이 기이하게 센 사람에 대해서도 마찬가지일 거야. 그러니 희덕이도 그런 걸 너무 무서워하느라 시간 낭비는 하지 마라."

"그, 그렇겠죠?"

희덕은 어딘가 석연치 않긴 했지만, 경성제국대 학생의 논리에 반박할 수 없었다.

"난 초현실이라 일컬어지는 이 세상의 거짓된 환상을 과학으로 해석하려는 자세를 지녀야 한다고 생각해. 미신이나 괴이한 이야기를 늘어놓는 사기꾼들에게 당하는 일이 없도록 말이야."

"하지만 만약 정말 그런 사람이 존재한다면요?"

"그럴 가능성은 1푼도 없을 거야."

일균은 잠시 희덕의 어깨 너머를 바라보더니 가방을 정리하고 자리에서 일어났다.

"나중에 또 보자."

희덕에게 미소를 지으며 손을 흔들어 보인 일균은 문 앞에 앉아 있던 계월에게도 짧게 목례를 해 보이곤 나갔다.

"얘, 저 사람이 왜 너랑 면회를 하니?"

희덕이 돌아오자 다른 방의 언니들까지 옹기종기 모여, 침대 네 개로 이미 꽉 차 있던 기숙사 방에 발 디딜 틈이 없었다. 언니들은 희덕을 호기심 가득한 눈으로 바라보았다.

"네? 그, 그냥 동무 오빠인데요."

"경성제대 예과 김일균이잖아."

"그리 유명한 사람이에요?"

"얘 봐. 작년 시위 때 경찰에까지 붙잡혔던 사람이야."

"문화 잡지에 글도 싣는대."

"무슨 독립 단체 간부라는 말도 있던데."

"조용히 해, 누가 듣겠어."

"김일균이 어찌 너랑 아는 사이야?"

이야기를 듣다 보니 희덕은 어쩐지 자기가 일균에 대해 아무것도 모른다는 생각이 들었다.

"경애네 오라버니예요."

언니들은 믿을 수 없다는 표정이었다.

"그으래? 김경애가 김일균 동생이라고?"

"왜요?"

"글쎄, 경애는 학교에서 좀 외골수잖아."

"오늘도 혼자 등산을 갔어."

"괜히 선생한테 뻗대다가 다른 1학년들까지 같이 혼이 나는 경우가 있다던데."

하지만 그런 일들은 경애의 성격이 정의롭기 때문이라고 희덕은 생각했다.

"나도 걔네 집처럼 돈이 많았으면 아마 얌전히 공부해서 차라리 유학길에 올랐을 거야."

"희덕이 너도 장학금을 받아야 할 형편이면 경애랑 어울리지 말고 좀 더 선생님 말씀을 잘 따르는 친구들을 찾아보는 게 좋을걸."

"싫어요. 동무를 무슨 이득 보려 고르나요."

희덕은 동백과 난초와 눈이 마주쳤다. 동백이 벌떡 일어나 십 분 이상 이 방에 앉아 있으려면 먼지 하나라도 훔쳐야 한다며, 모여 있는 무리에게 손걸레와 물통을 들고 왔다. 입을 댓 발 내민 언니들은 곧 뿔뿔이 흩어졌다.

희덕이 저녁을 먹고 주번 일지를 가지러 사감실의 문을 두드렸을 때, 안에 있던 고학년생들이 문을 열어 주었다. 희덕은 언니들에게 인사를 꾸벅하고는 계월을 찾았다.

사감실은 어수선한 모습이었다. 책장에 꽂혀 있던 온갖 책이나 서류 들이 책상과 나무 의자 위에 내놓아져 있었고, 계월의 옷가지도 방바닥에 널린 채였다. 희덕은 일지를 찾으려 기웃거리다 사감 선생의 침대를 가려 놓은 칸막이 뒤에서 고개를 내민 계월과 눈이 마주쳤다. 평소에는 단정하게 빗어 내린 곱슬머리가 마음껏 하늘로 솟아 있었고, 낡은 셔츠 차림으로 가방을 거꾸로 들어 털어 내는 모습이 여느 때와는 퍽 달라 보였다. 계월이 방문자를 그다지 반기지 않는 상황임에도 여전히 상기된 얼굴로 계월을 지켜보는 언니들은 희덕과 달리 딱히 목적이 있어서 온 것도 아니었다.

"계월 선생님, 선생님! 저희가 찾아 드릴게요."

학생들은 계월에게 도움이 되고 싶어서 안달이 난 듯했다. 계월은 벌떡 일어나 외쳤다.

"나가라고 한 소리가 안 들렸니?"

학생들은 계월이 저들에게 관심조차 줄 생각이 없다는 것을 깨닫고서도 킥킥대며 방을 나갔다. 희덕이 아무리 1학년이라지만 기숙사에서 지내는 동안 여러 선생님들에 대한 이야기를 들어서 그중에는 존경을 받는 선생도, 미움을 받는 선생도 있다는 것을 알고 있었다. 언니들의 대화를 통해 그 이유를 대강은 짐작할 수 있었지만 계월의 인기에 대해서는 도무지 이해하기가 힘들었다. 계월이 온 뒤로 학생들은 더 이상 소설책이나 편지를 빼앗기지 않았고, 반드시 두 명이서 함께 해야 했던 외출도 명부에 이름을 쓰기만 하면 혼자 나갈 수 있도록 자유가 허락되었으나 그것은 계월 쪽에서 귀찮은 감시나 업무를 피하기 위한 방편이었지 학생들을 배려하려는 뜻은 아니었다.

'그렇게 생각하니 정말 이상하잖아.'

그러나 이상하게 생각되는 만큼 그 비법이 더욱 궁금해졌다.

아직도 책상 근처에서 얼쩡거리는 학생이 있다는 사실을 뒤늦게 알아차린 계월이 가림막 밖으로 나와 무서운 표정을 지어 보였다.

"주번…… 주번 일지요……."

계월은 한껏 입을 앙다물더니 희덕의 눈앞에 있는 책상 위에서 주번 일지를 한 번에 찾아 손에 쥐여 주었다.

"저어, 사감 선생님께 부탁드릴 게 있는데요."

계월이 희덕을 쫓아내기 위해 친절하게 문까지 열어 주었지만 꿋꿋이 버틴 희덕은 공손하게 말을 꺼냈다. 너무 어리숙해 보이지 않으면서도 예의 바르게 부탁하는 일은 희덕에겐 아직도 어려웠다. 계월이 또다시 진절머리가 난다는 표정을 짓자 희덕은 자신의 태도가 이번에도 실패했다는 것을 알 수 있었다.

"쓸데없는 연애 고민에 대한 답은 항상 정해져 있지."

"그게 아니에요!"

계월은 희덕의 말을 듣지도 않고 책상 서랍을 빼서 침대 위에 쏟았다. 계월이 지금껏 찾고 있던 물건은 방을 이렇게 엉망으로 만들고도 나오지 않은 듯했다. 희덕은 여기서 물러설 수는 없다는 생각이 들었다.

"사감 선생님이 뭐 하시는 분인지 다른 동무들에게 말해도 될지요?"

양 허리에 손을 얹은 계월이 드디어 관심을 보였다.

"뭐? 뭐 하는 분이냐니, 그게 무슨 뜻이야?"

희덕은 괜스레 눈을 굴렸다.

"저만 알기에는 이상스러운 사실이지 않나요?"

"어디서 배워 왔는지는 몰라도 지금 협박을 하는구나."

"도대체 뭘 잃어버리신 것이어요?"

희덕은 계월 뒤로 펼쳐진 난장판으로 화제를 돌렸다.

"잃어버린 거라니, 뭘? 난 원래 이렇게 살아."

"아아, 그러시구나."

희덕이 고개를 끄덕였다. 계월은 의자에 있던 손가방을 바닥으로 던져 버리고선 털썩 앉았다.

"여기 어디에 두었는데 찾으려고 보니까 없어. 밖에 갖고 나간 적은 없으니, 학생들이 오가다 자기 것인 줄 알고 가져가 버린 건지, 원."

"그게 무어인데 그래요?"

계월은 희덕의 의뭉스러운 질문에 넘어가지 않겠다는 표정을 지었다. 계월이 희덕의 눈을 뚫어져라 바라보자, 희덕은 일균과 마주 앉았을 때보다 등이 더 축축해지는 기분이 들었다.

"지금까지 갖다 놓지 않은 걸 보면, 손버릇 나쁜 녀석이 슬쩍한 게 분명해. 그런데 무슨 부탁이니? 왜 나를 귀찮게 하는 거야?"

"저어, 경애 때문에요."

"너랑 맨날 같이 다니는 애 말이지? 날 스파이라고 생각하는."

계월은 피식 웃었다. 희덕은 그가 사감 선생이라 학생들의 동향을 파악하고 있는 것인지, 아니면 인간의 능력을 넘어설 정도로 귀가 밝아 그 이야기를 알고 있는 것인지 판단하기가 어려웠다.

"그렇지 않아요. 경애는 선생님을 좋아해요."

"그건 더 나쁘네."

희덕은 최대한 공손한 자세로 말했다.

"경애가 언니나 친구들이랑 사이가 안 좋은 듯해요. 살펴봐 주십사 하고요."

"난 그런 뒤치다꺼리까지 할 겨를이 없어. 그리고, 원래 선생님이 돌봐 주면 그게 더 튀어서 눈 밖에 나는 거야."

계월에게는 부탁이 통하지 않았다. 희덕은 비장한 표정으로 속삭였다.

"그 물건 말이에요, 왠지 가져간 사람을 알 것 같아요."

"뭐?"

계월은 눈을 가늘게 떴다.

"그게 뭔지는 몰라도, 아무튼, 가져간 사람은 짐작할 수 있는 것이……."

"남의 물건에 손대는 사람은 어디에나 있다 이거군."

계월은 치마 주머니에 손을 푹 찔러 넣고 건들거리듯이 고개를 끄덕였다. 희덕은 제 서랍 안쪽 깊숙이 있는 수첩을 떠올리자 어색한 웃음이 절로 나왔다.

"네, 맞아요. 수상한 사람이 있긴 있어요."

"찾게 되면 본때를 보여 줘야겠어. 누구의 물건을 가져갔는지 알게 해 줘야지."

"아유, 그리 겁줄 필요도 없어요. 걱정하지 마세요. 제가 한번 이야기를 잘 해 볼게요."

희덕은 이번 기회를 놓칠까 간절한 표정으로 계월에게 부탁했다.

"그 대신 경애를 챙겨 주세요. 다른 사람들이 경애를 이상한 친구라 오해하는 게 싫어요."

"그걸 내가 어찌해?"

"선생님은 인기가 많잖아요."

"내가?"

"그야, 사감 선생님 말만 듣는 언니들도 있고, 그리고 최면도 걸 줄 아시니까……."

"그 얘기는 꺼내지 말자."

계월은 곰곰이 생각하는 눈치였다. 성급히 결정하고 싶지 않은 것 같았으나, 곧 머리를 벅벅 긁으며 답했다.

"알겠어, 알겠다고."

희덕은 오늘은 어쩐지 계월이 그리 무섭지 않다는 생각이 들었다. 일균에게 흡혈마 같은 괴이쩍은 사람은 세상에 없다는 확언을 들어서인 걸까, 난초와 동백이 어질러 놓은 방보다도 더 지저분한 사감실을 보니 친근감이 인 걸까. 자기 물건도 제대로 못 찾는 사람이 어떻게 사람들의 마음을 조종할 수가 있담? 사감실을 나온 희덕은 그런 생각이 들어 저도 모르게 웃음이 나왔다. 그러나 계월이 이와모토의 목을 피범벅으로 만든 장면은 머릿속에서 쉽사리 잊히지 않기도 했다. 희덕은 이와모토의 끔찍한 얼굴을 잊어버리기 위해 고개를 세차게 젓곤, 방으로 돌아와 서랍에 있던 계월의 수첩을 꺼내 끈이 달린 작은 주머니에 넣었다.

'어쩌면 이 흑백 사진을 본 사람은 이 학교를 다니는 학생 중에선 나밖에 없을지도 몰라.'

속치마 어깨끈에 주머니를 단단히 고정하고 옷 안으로 늘어뜨리자, 자기 외엔 아무도 찾지 못하리라는 확신이 들었다. 희덕은 다리를 쭉 뻗고 편안한 얼굴로 침대에 누워 주번 일지를 작성하기 시작했다.

*

까만 양산으로 햇살을 가린 계월은 토요일 오후의 번화한 거리를 지나 움막집이 즐비한 골목으로 향했다.

‘어쩐지 이곳은 올 때마다 점점 사람들이 늘어 가는 듯하단 말이지.’

행인들이 고급 기모노와 말쑥한 양복을 입은 일본인 거리를 지나 개울을 몇 개 건너니, 핼쑥한 안색에 입술이 마른 조선인들이 차츰 눈에 띄는 동네가 나왔다. 계월은 집이라고 할 수도 없는 움막의 수를 세어 보았다. 아무것도 모르는 얼굴에 때가 낀 아이들이 웃으며 달려 지나갔다. 동행 없이 홀로 어슬렁어슬렁 걸어오는 계월을 보고 손님을 건져 볼까 인력거꾼이 달려왔으나 계월이 눈썹을 씰룩하자 기가 죽어 돌아섰다. 계월은 장작을 쌓아 놓고 흥정을 하는 지게꾼 무리를 스쳐, 낡은 저고리에 색 바랜 치마를 입은 아낙들이 물을 길으러 줄 선 우물까지 지났다.

계월의 머릿속에 문득 자신의 자리에 앉아 있을 경애가 떠올랐다. 불려 나온 경애는 무슨 일 때문에 자신을 부른지 모르겠다는 어리둥절한 눈을 하면서도, 힐끗힐끗 사감실 안을 살폈다.

“네가 오늘 나 대신 사감 대리를 맡아 주었으면 해.”

“사감 대리요?”

경애는 침착한 목소리로 되물었지만 상기된 얼굴을 숨기지 못했다.

“그래. 점심도 다들 먹었겠다, 토요일이라 별달리 할 일도 없어. 그냥 여기 자리에 앉아서 잠을 자든, 서책을 보든, 혼자 공기놀이를 하든 상관없으니 자리만 지켜 달란 말이야.”

고개를 갸우뚱하는 경애의 모습에 계월은 덧붙였다.

“내가 다른 선생님들과 함께 하는 중요한 교육적 업무가 있어서 말이지. 똘똘한 것도 중요하지만 다른 친구들이 찾아오면 까탈스럽게 굴지 않고 친절하게 대하는 학생이 필요해.”

경애는 고개를 끄덕였다. 계월은 이 정도면 희덕이 알아차릴 만큼 생색이 나겠지 싶어 밖으로 나오기 전 뒤를 돌아보았다. 복도로 난 사감실의 큰 창을 통해 허리를 꼿꼿이 편 경애의 모습이 보였다. 중대한 임무를 맡고 자리에 앉은 경애는 내심 뿌듯해 보이기까지 했다.

‘이렇게 반응이 좋을 줄은 몰랐는걸. 가끔 귀찮을 때 써먹어야겠어.’

계월이 일본 경찰이나 군인 따위를 마주치지 않고 몸을 숨길 수 있는 장소로 여학교 기숙사는 탁월한 선택이었으나, 매일매일 아이들과 함께하는 생활은 여간 피곤한 일이 아니었다. 게다가 한낮에 활동하는 시간이 많아져 언제나 짜증이 가득했고, 소중한 옛 사진을 끼워 둔 수첩까지 사라지자 계월은 어떤 조치가 필요하다고 느끼게 되었다.

특히 희덕에게 피를 빠는 순간을 들킨 이후로 먹잇감을 고르는 일도 포기해야 했다. 계월은 흡혈 장면을 본 사람의 기억을 지우는 흡혈마 나름의 생존 능력에 당하지 않은 인간이 있었나 헤아려 보았다. 그러나 몇십 년간 기억을 뒤적거려도 희덕과 같은 사람은 마주친 적이 없었다. 그 비슷한 사람은 있었어도.

깊숙한 산자락 속 어느 초가에 도착한 계월은 나뭇가지와 지푸라기로 이어 붙인 대문을 열었다. 좁은 마당에는 다 낡아 빠진 대나무 돗자리에 펴 놓은 고추가 마르고 있었다. 쪽마루에 앉아 실없는 이야기를 하며 담배를 피우던 노인 둘이 양산을 접고 들어오는 계월을 보았다.

"여수댁! 손님 왔소."

노인 중 한 명이 뒷마당을 향해 소리쳤다.

"모던 걸이 점바치한테 점도 보러 오나? 이런 건 미신이라 안 하는 줄 알았는데."

계월이 불쾌감을 드러낼 찰나, 부엌에서 회색 치마 위에 앞치마를 맨 조선 아낙이 광주리를 들고 나왔다.

"아이고, 오셨는가!"

"백송!"

계월은 여수댁이라 불린 사람의 이름을 부르며 그를 안았다. 키가 계월의 가슴께에나 오는 오십 대의 자그마한 아낙네는 계월을 보며 웃었다. 만날 때마다 머리가 하얗게 세어 가는 백송은 계월이 알던 과거의 매서운 기색은 꺾인 채 서글서글한 인상이었다. 그러나 눈이 쌓인 듯 하얀 왼쪽 동공과 달리 유난히 까만 오른쪽 눈으로 여전히 그 누구보다 날카롭게 사람들을 파악할 수 있었다. 그는 무시할 수 없는 기세로, 담배나 빨던 예의 없는 노인들을 문밖으로 쫓아내 버렸다.

"바다에서 용굿 하던 당골네가 이제는 경성 모퉁이에서 점 봐 주는 치가 돼 버렸네."

계월은 마루에 털썩 앉아 백송을 놀렸다.

"순사들이 몽둥이 들고 다니면서 굿판을 깽판으로 만들고 다닌 지가 언젠데."

백송은 아무렇지 않게 말했다.

"찾아오는 사람 점이라도 봐 줘야 입에 풀칠이라도 하지. 하긴, 이제는 빌 것 있으면 남산에 있는 신궁 가서 손 비비라 하던데. 뭐, 칼 찬 사람 말을 듣는 수밖에 없지 않나. 세상이.”

백송은 한탄할 곳도 없어져 버린 사람 특유의 체념 섞인 미소를 지었다.

“앉아서 잠깐 기다려 보소.”

백송은 뒷마당에 있는 닭장으로 향했다. 솜씨 좋게 닭 한 마리를 낚아채 부엌으로 들어간 그는 잠시 후 계월에게 김이 오르는 신선한 피가 찰랑이는 놋그릇을 내밀었다. 계월은 사발을 받아들곤 단숨에 쭉 마셨다. 학교 근처를 얼쩡거리는 생쥐나 참새의 피를 찔끔찔끔 마시며 기운을 연명하다 오랜만에 만족할 만큼 배를 채우니 생기가 돌았다.

“사람 피를 마시지 않기로 한 것은 아주 잘한 일이여.”

백송이 닭 피가 묻은 손을 앞치마에 닦으며 말했다.

“잘한 일인지는, 내가 몸이 축나면 다시 생각해 볼 거야.”

계월은 피가 묻은 입술을 혀로 꼼꼼히 핥았다.

“눈치가 보여서 먹으려도 먹을 수가 없으니.”

“눈치가 보인다고? 자네가? 어이구…….”

백송은 바닥에 널어놓은 고추를 거둬들이기 시작했다.

“골치 아픈 애가 하나 있어서 말이야.”

“아따, 나가 한번 봐야 쓰겄구먼.”

백송은 계월의 진지한 표정에 놀란 얼굴을 했다. 머리가 하얗게 센 중년의 아낙네와 마루에 걸터앉은 젊은이가 말을 편하게 주고받는 모습은 사정을 모르는 누군가가 본다면 이상하게 느껴질 법한 풍경이었다.

"새로 쓰는 이름이 계월이라 했지? 부르기는 훨씬 좋구먼."

백송은 말을 이어 갔다.

"일본에서 간신히 돌아왔을 때 얼굴보단 점점 나아지는 것 같어. 거기서는 경찰을 마주칠 일도 잘 없으니."

"밖은 여전하잖아. 점점 경찰들을 안 마주치고 여기까지 오기가 힘들어."

백송은 계월이 불안한 기색을 숨기지 못하고, 마당 너머로 시선을 돌리자 안타까운 한숨을 쉬었다. 백송도 모든 것을 알지는 못했기에, 이 년 전 계월을 납치한 제복 입은 자들이 아직 조선에 있는지, 혹은 또 다른 사람들이 계월을 찾고 있는지는 짐작할 수 없었다.

"만주에서 연락이 왔어."

광주리에 고추를 전부 담은 백송이 돗자리를 탁 털어 둘둘 말았다.

"또 만주 이야기야?"

"자네 같은 사람이 마음 편히 지내기엔 거기가 낫지. 조선은 상황이 좋아지기는커녕, 대낮에도 시꺼먼 비행기가 날아다니는 게 심상치가 않어. 내가 아는 선생이 몇 년 전 만주로 식구를 데리고 이주를 했다는데, 그대로 말뚝을 박았다나 봐."

만주라! 계월의 머릿속에는 잡초가 자란 벌판 위에서 하늘을 빙글빙글 도는 매 한 마리가 그려졌다.

"당골끼리 연락이라도 주고받는 거야?"

"아따, 무당은 편지 좀 쓰면 안 되당가?"

백송의 말을 신뢰하지 않는 것은 아니었다. 유럽을 떠돌던 계월이 조선에 도착해 어디서부터 터를 잡고 살아가야 할지 고민에 빠졌을 때 도움을 준 것이 바로 백송이었다. 계월이 떠나야 할 사람을 떠나고, 만나야 할 사람을 만나게 해 준 것도, 연락이 끊겨 버린 뒤에도 계월이 언제 자신을 찾아올까 싶어 한쪽 흙벽이 허물어져 가는 초가집을 굳건히 지키고 있던 사람도 백송이었다. 하지만 계월은 어쩐지 백송이 하는 제안이 선뜻 내키지 않았다. 다시 떠난다는 마음을 먹는 것도 쉽지 않은 일이었다.

"몸을 피할 수 있는 다른 방법이 있을 거야."

계월이 자신에게 다짐하듯 말했다.

"학교가 안전하다곤 하지만, 이놈들이 언제 때려 부술지 누가 알아. 이 년 전에 갑자기 사라졌을 때 나랑 화란이가 얼마나 걱정한지 모르는가? 짐이라도 화란이한테 전부 맡겨 놓고 가서 다행이었지! 요 겨울에 갑작스레 나를 찾아왔을 때, 몰골도 말이 아니어 가지고선……."

백송은 계월 옆에 앉아 고추의 꼭지를 따며 중얼거렸다.

"사람을 그리 놀라게 하더니. 아이고, 그놈들이 무슨 짓을 했는지……. 웬만한 걸로는 흉 지지도 않는 사람헌티 온갖 곳에 상처를 내 놓고선. 내가 더 속이 쓰리더만……."

그러나 계월의 마음속에는, 안전을 위해 떠나야 한다는 판단보다 떠나지 못하는 이유가 맴돌고 있었다. 일본에서 도망쳐 조선에 돌아와, 점점 또렷해져 가는 목적 하나가 있었던 것이다.

"날 일본에 넘긴 사람을 찾아야 해."

백송이 고개를 들어 계월을 바라보았다.

"그 생각을 하고 있었구먼. 설마 자네 신세를 진 사람 중에 있었을라구?"

계월은 고개를 끄덕였다. 백송과 알고 지낸 동안, 자신이 어떤 일을 하며 누굴 돕곤 했는지 돌이켜 보면 마음이 쓰렸다.

"화란이는 봤소? 갸 능력이면 사람 하나 찾는 건 일도 아닐 텐데. 아니면 자네 능력으로……."

"지금 일자리도 그 애한테 받았는데, 더 이상은 신세 지고 싶지 않아."

그때 누군가 실례합니다, 하고 대문 안으로 들어왔다. 스무 살이 채 안 되어 보이는 여자가 쭈뼛쭈뼛 이곳에 여수댁이 계시느냐 물었다.

"아이고, 지금은 안 되는데."

방문자의 목적을 꿰뚫어 본 백송은 계월을 바라보았다. 계월이 고개를 끄덕이자 백송은 광주리를 치운 후 빗물을 받아 놓은 대야에 손을 씻고선 손님을 안으로 들였다.

굿은 못 하게 되었지만, 이렇게 종종 해결되지 않는 질문이나 자신의 불투명한 미래에 대해 답을 구하러 오는 손님이 있는 걸 보면 백송이 모시는 신이란 존재가 백송을 버리지는 않은 모양이었다. 어린 손님과 백송이 두런두런 나누는 말소리가 종이를 여러 번 덧바른 낡은 나무 문 사이로 새어 나왔다. 어쩌면 지금 온 손님에게는 단지 이야기를 털어놓을 만한 사람이 필요할 뿐인지도 모르지만, 신이 있든 없든 간에 백송이 가진 능력, 상대방도 모르는 진실을 꿰뚫어 보는 솜씨는 비범한 것이었다. 대문을 벗어난 계월은 아까보다 길어진 그림자를 보며 언덕을 내려갔다.

'백송과 처음 마주칠 때도 그랬지.'

구 년 전, 날카로운 한쪽 눈으로 자신의 정체를 첫눈에 알아본 순간부터 계월은 그의 능력을 짐작할 수 있었다.

“조선이 망하긴 망했나 보네. 산 놈도 죽은 놈도 아닌 것이 대로변을 걸어 다니고.”

한약방 앞에 대나무 발을 깔아 놓고 사주를 보던 아낙이 외쳤다. 말쑥한 양장을 입은 여자와 그가 팔짱을 낀 키 큰 외국 신사는 다짜고짜 손가락질을 받고 당황해 걸음을 멈추었다. 지나가던 행인 몇 명이 혀를 차며 지나갔다.

“그 옆에 있는 놈팡이가 독하긴 더 독하네, 아주 지독해.”

구불거리는 단발머리 위에 단정한 모자를 눌러쓴 여자는 그 말을 듣고 자리에 우뚝 섰다. 신사가 여자를 흘긋 바라보았다.

“우리를 알아본 사람은 어떻게 해야 하는지 알지?”

“웬 거지가 헛소리하는 거야. 신경 쓰지 마.”

두 사람은 여유를 되찾고 아낙네의 앞을 지나쳤다.

아낙은 한약방 주인이 돗자리를 발로 밟으며 비키라고 소리쳐도, 해가 서쪽으로 기울기 시작해도, 석간신문을 배달하는 자전거가 벨을 울리며 코앞을 지나가도 그 자리에서 꼼짝 않고 경성의 밤바람을 맞고 있었다. 일본인 거리에서만 볼 수 있는 가로등이 켜질 무렵, 창백한 얼굴을 한 누군가가 저린 발을 주무르는 아낙에게로 다가왔다.

다가온 사람의 얼굴을 확인한 백송은 미소를 지었다. 계월은 백송의 애꾸눈이 반달 모양으로 휘는 모습을 의심에 찬 눈빛으로 바라보았다.

"다시 올 줄 알았지. 자네는 그런 놈에게 묶여 있을 만한 몸이 아니니까."

앤더슨의 편지

스크랜서 교장 선생님께

농촌 선교 일은 잘되어 가시는지요? 교회분들과 함께 먼 곳에서 일이 많으시리라 생각되지만 학교도 못지않게 궁금하실 듯해 편지 띄웁니다. 점점 더워지는데 건강 조심하세요. 최근 풍토병이 돌아 영국에서 오신 신부님 한 분이 돌아가셨다는 소식을 들었습니다.

학교는 모두 괜찮습니다.

새로 오신 사감 선생님께서도 잘 적응하고 계신 듯합니다. 여전히 제가 같이 묵상 기도를 드리자고 사택에 초대하면 거절하시지만요. 조선인 선생님이라 그런지, 학생들도 이전보다 분위기가 활기차진 듯해 흐뭇하기 그지없답니다.

그리고 며칠 전, 누군가가 학교를 위해 기부금을 내겠다는 연락을 받았습니다. 1천 원가량 되는 거액이었습니다. 편지를 써서 바로 전하려던 반가운 소식은 이것입니다. 한데 기부자의 서명에는 대문자로 M만 크게 쓰여 있더군요. 혹시 감리교회에 짐작 가는 분이 계신가요? 그렇다면 회신으로 답변해 주십시오.

가시는 길에 언제나 하나님의 은총이 함께하길 기도합니다.

무한한 존경과 사랑을 담아

앤더슨

나에게 레몬을

"그 옷에는 이게 더 어울린다니까."

동백이 자신의 서랍에서 연보라색 저고리를 꺼내 보였다. 난초는 심각한 표정으로 희덕이 땋아 내린 머리를 끌러 버리더니 새로 묶어 주겠다며 등 뒤에 섰다.

"밖에 나가는데 교복이면 되지, 꼭 그리 화려하게 입을 필요는……."

희덕은 흰색 저고리와 까만 치마 교복도 충분히 좋은 옷이라 말했지만 동백과 난초는 오늘 희덕이 외출해 만나는 사람을 들먹이며 그렇게는 안 된다고 강력히 주장했다. 희덕은 얼굴이 시뻘게져 손을 내저었다.

"일균 오라버니가 아니에요, 오늘 만나는 사람은."

"그짓말한다, 또."

"얘들아, 희덕이 괴롭히지 마라. 자기가 하고 싶은 대로 하게 놔두어."

세 사람이 아웅다웅하던 모습을 지켜보던 단이가 짓궂은 표정의 동백과 난초를 나무랐다.

"언니도 혼인을 치르셨으니 아시지 않아요? 우리 희덕이도 최신 유행까지는 아니더라도, 바깥 청년들 눈에 드는 맵시가 있어야 나중에 누굴 고르더라도 고르지 않갔어요?"

"여성에게 중요한 것은 결혼 상대를 고르는 것만이 아니야."

단이는 동백의 말을 바로잡아 주었다.

"곱게 보이는 것도 아니고, 공부를 잘하거나 다른 사람의 말을 잘 듣는 모습도 아니지. 그보다 더 중요한 건, 자기 스스로의 의지대로 삶을 살아가는 자세야. 당연해 보이지만 연습이 필요한 일이기도 하고 말이야."

단이는 그렇게 말하며 매일 지니고 다니는 보자기에 부엌에서 가져온 감자 몇 알과 세탁한 옷가지를 잘 챙겨 매듭을 묶었다. 단이는 아이들에게 인사를 한 후 서둘러 밖으로 나갔다.

"흥."

동백이 입을 삐죽였다.

"말은 기케 해도, 오늘 또 시부모 시중을 들러 가는 기야."

"그래요?"

"기숙사까지 살며 공부하게 허락해 주긴 했지만 며느리 구실은 해야 하지 않갔어?"

희덕의 머리를 다시 땋아 준 난초는 요즘 유행하는 모양이라며 귀밑이 풍성하게 보이도록 잔머리를 잡아 빼 주었다. 결국 동백이 빌려준 저고리를 입은 희덕은 거울을 보고 어색한 미소를 지어 보았지만 유행이란 참으로 따르기 어렵다는 생각이 들 뿐이었다.

"그래서, 그 도둑이란 녀석이 누구인지 안다고?"

희덕이 사감실에 외출계를 쓰러 내려가자 팔짱을 낀 계월이 물었다.

"다녀와서 말씀드릴게요. 오늘은 조금 바빠요."

"허이구!"

계월은 눈을 가늘게 떴다.

"……오늘 만나러 가는 사람이 과연 그럴 만한 가치가 있을까?"

"제, 제가 누굴 만난다고 그럽니까?"

"김일균이지. 면회도 왔었잖아?"

희덕은 등에 소름이 돋았다.

"너희 하는 양이야 나한테 전부 읽힌다고."

계월은 의기양양하게 대답했다. 그 얼굴을 보자, 수첩에 끼워진 흑백 사진이 떠올라 또다시 의구심이 솟았다. 사진 속 모습이 지금 제 앞에 서 있는 계월과 큰 차이가 없었던 것은 확실했다. 그러나 입고 있던 옷 하며, 사진의 귀퉁이가 다 낡은 모양을 보아도 최근에 찍었다고는 믿기지 않았다.

'흡혈마가 된 사람은 영원히 늙지 않는다지.'

희덕은 그런 생각이 들었다.

"잃어버린 물건에 대해서 좀 더 자세히 설명해 주시면, 범인을 찾는 데 도움이 될지도 몰라요."

뻔히 의도가 보이는 질문이었는지, 계월은 콧방귀를 뀌고는 자리에서 일어나 의자를 책상 아래로 집어넣었다. 계월은 희덕을 현관 앞까지 바래다주었다.

"웬일이세요?"

계월이 희덕을 배웅하며 손까지 흔들자 수상하게 느낀 희덕이 물었다.

"네가 빨리 나가야 내가 방을 뒤지지."

계월의 손에는 기숙사의 모든 방문을 열 수 있는 열쇠가 들려 있었다. 희덕은 도망치듯 달려 교문을 빠져나왔다. 이쯤이면 아무리 눈이 좋은 초인이라도 자신이 보이지 않으리라는 확신이 들 때에야 앞섶을 더듬어 보았다.

"후유!"

수첩은 제대로 품 안에 있었다.

'아직 무슨 내용인지 알아보지도 못했는데, 도로 뺏길 수야 없지.'

수첩에 쓰인 문자는 주변에 기호가 붙어 있어, 학교에서 배운 영어 알파벳과는 다른 모양이었다. 어느 나라 말인지도 모를 단어의 나열과 나란히 있는 사진은 계월에 대한 비밀을 밝혀내기보단, 의심만 키울 뿐이었다.

'도대체 무얼 하던 사람이었기에 이런 이상한 옷을 입고 사진을 찍었을까?'

희덕은 계월이 정말 조선 사람인지마저 의심이 들었다. 일균을 만나러 가는 이유도 자신보다 무언가 더 알고 있는 사람에게 묻기 위해서였다. 희덕은 단서를 찾을 수 있으리라 기대하며 일균을 만나기로 한 사직단 아래로 내려갔다.

번화한 경성 거리는 초여름 휴일답게 바람 쐬러 나온 사람들로 북적였다. 저 멀리서 흰 셔츠에 다림질이 잘된 바지를 입은 단정한 차림의 청년이 희덕에게 손을 들어 보였다.

"오늘은 조금 덥지 않니?"

일균은 붐비는 사람들 사이에서도 훤칠한 키가 돋보여 금세 찾을 수 있었다.

"네, 그러네요. 날씨가 후덥지근해요."

둘은 은행과 일본 상점 들이 나란한 황금정으로 향했다. 희덕은 한 걸음 정도 떨어져서 일균의 뒤를 따랐지만, 자꾸 사람들에 밀려 종종걸음을 쳐도 거리가 멀어지기 일쑤였다. 일균이 인파에 휩쓸려 가는 희덕의 소매를 잡고 거의 꺼내 주다시피 하자, 희덕이 어색하게 웃으며 땀을 닦았다. 일균도 상냥한 미소를 지어 보였다. 기모노를 입고 분을 바른 몇몇 여자들이 뒤를 돌면서까지 일균의 얼굴을 쳐다보고 갔다.

"오늘 창경궁에 꽃놀이가 열리는 날이라 사람이 워낙 많구나. 여성 소지품은 뭘 골라야 할지 몰라서 말이야. 혼자 가면 이것저것 권하는 통에 결국 피곤해서 아무것도 안 사게 되더라고."

일균은 일대에서 가장 큰 건물인 백화점 안으로 들어갔다. 희덕이 고개를 젖혀야 볼 수 있을 정도로 높은 천장에는 수십, 수백 개의 유리알이 불빛을 반사하는 샹들리에가 달려 있었다.

"백화점에 들어와 본 적은 처음이니?"

희덕은 얼굴이 붉어졌다. 일균은 가게 하나를 지나칠 때마다 손가락으로 꼼꼼히 가리키며 천천히 걸었다. 일균과 희덕이 진열장 앞에 멈추면 점원들이 피곤한 기색 없이 금과 은으로 만든 시계와 팔찌, 목걸이 등을 내놓아 주었다.

"정말 예뻐요!"

희덕은 감탄했다. 하지만 일균은 다른 곳을 보고 있었다. 엘리베이터 앞에는 화란의 얼굴이 크게 그려진 새 레코드 홍보 포스터만이 걸려 있을 뿐 아무도 없었다.

"화란을 좋아하시나 봐요?"

"그럼, 누구라도 좋아할걸."

백화점을 나온 일균과 희덕은 대로변을 벗어나 골목 안쪽 조선 상점으로 향했다. 좌판을 벌인 상점에는 나무 그릇이나 한지로 만든 부채, 비녀와 담뱃대가 종류별로 놓여 있었다. 한복 위에 양복 재킷을 입고 군화를 신은 주인이 담배를 뻑뻑 피우며 이것저것 물건을 권했다. 한참 동안이나 유심히 살핀 일균은 결국 잠자리 장식이 달린 비녀와 하얀 목면 손수건을 골랐다. 손수건에는 풀색과 붉은색 실로 소나무가 수놓여 있었다.

"고맙다. 정신없었을 텐데 아무 소리 안 하고 따라와 주는구나."

일균은 소품을 안주머니에 찔러 넣었다. 희덕은 누구의

선물인지 궁금해졌다. 비녀라면 경애를 위한 물건은 아니었기 때문이다.

"어머니께 드릴 선물인가요?"

희덕은 카페에서 결국 묻고 말았다. 종업원은 유리컵에 담긴 오렌지 주스와 빙수 하나를 내어 주었다. 곱게 간 얼음 위에 붉은색 설탕물을 뿌려 달큼한 맛이 났다.

"아니, 어머니는 경애를 낳고 나서 바로 돌아가셨어."

아차차! 희덕은 빙수가 목에 걸려 기침을 했다. 추접스러워질 찰나 일균이 자리에서 일어나 주크박스 쪽으로 향했다. 온 카페의 눈이 일균에게 집중되었다. 일균은 기모노 위에 흰 앞치마를 두르고 축음기 옆에 선 직원에게 동전을 한 닢 주고는 레코드를 골라 판 위에 올렸다. 화란의 노래였다.

"이 정도 사치는 할 수 있지."

자리로 돌아온 일균은 씩 웃었다. 희덕은 일균에게 묻고 싶은 것이 있었다.

"저, 이게 어느 나라 말인지 아세요?"

일균은 희덕이 내민 가죽 수첩을 한참 동안이나 유심히 살펴보곤 물었다.

"이걸 어디에서 구한 거니?"

"서점에서 오래된 책을 샀는데, 거기에 끼워져 있었어요."

희덕은 그렇게 얼버무렸지만, 어쩐지 일균이 제 어색한 거짓말을 눈치챘다는 기분이 들어 부끄러워졌다. 그러나 일균은 짐짓 어른스러운 미소를 띠어 보이고는 말을 이어 갔다.

"흐음, 정말 오래된 물건 같은데. 희덕이가 이런 골동품에 관심이 많은 줄은 몰랐는걸."

"그렇게 오래된 물건인가요?"

"그래, 이 가죽이 닳은 모양이 적어도 몇십 년 전 물건처럼 보여. 하지만 속지는 관리를 잘한 듯싶은데."

"이건 도대체 어느 나라 말인 걸까요?"

"이런 모양 문자는 포도아 말이 아니면 서반아 말일 거야."

희덕은 영 알 수가 없어서 고개만 끄덕였다.

"그럼 한 나라 말로 쓰인 게 아니라는 뜻인가요?"

"글쎄, 나도 외국 언어엔 전문가가 아니어서 모르겠구나. 네가 원한다면 외국어를 잘 아는 사람을 학교에서 수소문해 볼게."

"그, 그렇게 중요한 건 아니에요."

"여기 숫자가 있고, 사람 이름 같은 게 있으니……."

"어디요?"

"누군가의 주소를 기록해 둔 게 아닐까."

일균은 고개를 갸웃거리다 희덕에게 다시 수첩을 돌려주

었다. 희덕은 일균도 명쾌한 해답을 주지 못하자 갑갑한 기분이 들어 앞에 놓인 주스를 벌컥벌컥 들이켰다.

"희덕이처럼 똑똑한 친구를 만나게 되어 다행이야."

희덕은 깜짝 놀라 마시던 주스를 뿜어낼 뻔했다. 일균은 사심 없어 보이는 제 이마를 만지작거리며 웃었다.

"또, 똑똑하기라면…… 경애가 저보다 성적이 좋은걸요."

일균은 희덕 쪽으로 상체를 기울여 누가 들을세라 잠시 주변을 살핀 후, 목소리를 한껏 낮추어 말했다.

"조선을 지배하는 일본이 우리에게 가르쳐 주는 지식은 아주 단순한 수준이야. 그들에게 도움이 될 만한, 밑에서 일할 노예를 만들고 있는 것이나 다름없지. 그게 바로 식민지를 다스리는 법칙이거든. 그래서 사람들이 함께 배우는 모임을 막고, 이상한 소문을 퍼뜨리기도 하는 거야. 사실 난, 그런 일본의 정책에 반대하는 사람들과 의기투합해 일을 벌이고 있어."

희덕도 일균 쪽으로 몸을 기울였다.

"신문을 찍거나, 지식이 필요한 아이들을 가르치고, 해외에 이주한 사람들에게 보낼 의연금을 모으기도 하고. 희덕이 같은 똑똑한 친구에게 이런 진실을 알려 주는 것도 포함돼."

일균의 눈은 열정으로 빛나고 있었다.

"조선인의 삶이 나아지게 하려면 자신의 삶을 스스로 구제할 지식이 필요하지. 하지만……."

"하지만?"

"그 사감 선생이 조금 수상하단 생각 안 드니?"

희덕은 숨을 헉 들이켜고 말았다.

"나는 경애가 한 말이 어느 정도 일리가 있다고 생각해."

"경애가…… 한 말요?"

"그래. 너희 사감 선생님이 스파이라고까진 생각하지 않지만……."

일균은 목이 타는지 유리컵에 담긴 물을 마셨다.

"희덕이 너도 어느 정도 눈치챘겠지만, 그 선생이 여자아이들 사이에 괴소문을 퍼뜨리고 있는 게 틀림없어."

"괴소문이라면……."

"흡혈마에 관한 것 말이야."

일균은 목소리를 더 낮추었다.

"그런 말도 안 되는 소문으로 사람들 사이에 불안감을 키우는 자들이 가끔씩 있거든. 아직 순수하고 남을 잘 믿는 아이들에게 무서운 이야기를 퍼뜨려 순진한 시민들의 마음을 어지럽히고, 자신에게 유리하도록 이익을 취하거나, 사람들이 밤거리를 불안에 떨며 걷게 만들지. 그런 사람들이야말로 조선인들이 허황된 소문에 현혹되어 발전하지 못하게 막고 있는 것이나 다름없어."

내내 고개를 끄덕이던 희덕은 잠시 일균의 말을 멈추었다.

"하, 하지만…… 계월 선생님이 온 이후로 기숙사 생활이 조금 나아지긴 했거든요. 따르기 힘든 규칙도 예전보다 많이 줄어들었고……."

"그래? 그 말을 들으니 아이들의 환심을 사려 한다는 생각이 드는구나. 비과학적인 소문을 퍼뜨리는 사람이라면 학교에서 무슨 짓을 저지를지도 몰라."

"그건 맞아요, 무슨 짓을 할지 예상할 수 없는 건."

희덕은 맞장구를 칠 수밖에 없었다.

"그럼 경애에게도 말하는 게 좋지 않을까요?"

"그럴 수도 있겠지만, 경애는 아직 그 괴소문에 대해서는 알지 못하는 것 같아서 말이야."

사실 희덕은, 일균의 모든 의견에 동의하지는 않았다. 하지만 자신보다 똑똑한 일균이 헛된 소리를 하고 있는 것은 아니리라. 희덕은 일균의 진지한 표정을 보며 그렇게 생각했다. 그러나 희덕이 듣기에 일균이 알고 있는 바는 자신이 아는 것과 조금 다른 듯했다.

"실은, 제가 사감 선생님이 다른 사람의 피를 마시는 걸 봤어요."

희덕은 그때 일을 생각하자 눈앞에 아찔해져 어휴, 다시 한숨을 내쉬었다. 일균이 침착한 목소리로 물었다.

"그게 정말이니?"

"네."

희덕은 고개를 끄덕였다. 어떤 말을 해야 할지 모르겠다는 표정으로 입을 닫고 있는 일균을 보자 희덕은 괜히 고민거리만 더 안겨 준 것이 아닐까 걱정되었다. 불온한 소문을 퍼뜨리는 사람과 세상에 실제로 존재할 리 없다고 생각했던 괴이한 인물. 둘 중 어느 쪽이 그나마 현실로 받아들이기에 무리가 없을까?

"네가 잘못 보았던 게 아닐까?"

"네에? 제 눈으로 똑똑히 보았는걸요."

"희덕이 너, 무서운 이야기가 적힌 책을 빌려 가서 꿈을 꾼 건 아니니?"

얼굴이 붉어진 희덕은 눈을 크게 뜨고 일균을 바라보았다.

"제가 본 건 헛된 망상이 아니에요! 계월 선생님이랑 그 일로 언성이 오가기도 했는걸요."

"뭐라고? 사감 선생이 그런 이야기로도 너를 상대해 주던?"

"당연하죠. 우리 학교 선생님이니까요."

"그래, 그렇겠지."

희덕은 새삼 자신의 앞에 단정히 앉아 있는 일균이, 저보다 다섯 살이나 많은 대학생이라는 사실을 떠올렸다. 일균은 더 이상 희덕의 눈을 진지하게 바라보고 있지 않았다. 희덕은 문득 자신보다 다섯 살 적은 아이가 괴물을 보았다고 털어놓는다면 과연 그 말을 진지하게 들어 줄 수 있을까 하는 생각이 들었다. 하지만 희덕도 여자고등보통학교에 다니는 어엿한 학생이었다. 일균이 준 책을 다 이해할 수 있을 정도로 글 읽기에도 관심이 있었다. 게다가 일균이 아까 했던 말을 희덕은 진지하게 들어 주었는데, 일균은 제 말을 의심부터 하자 어쩐지 불공평하다는 기분이 들어 가슴이 답답해졌다.

'나는 다른 사람의 말이 허황되어 보여도, 절대 그 사람의 자세한 의견을 듣기 전에 환상이라 미리 결정 내리진 않을 거야.'

희덕의 표정이 어두워진 채 아무 말이 없자 일균은 걱정스러운 듯 희덕의 어깨를 짚었다.

"밖에서 조금 걸을까?"

"아뇨, 돌아갈래요."

"데려다줄게. 혼자 다니면 위험하니까."

"위험하긴요. 기숙사에 흡혈마가 있는 것보다야 낫겠지요."

희덕은 여느 때라면 하지 않았을 뾰족한 대답에 스스로 깜짝 놀라고 말았다. 일균도 내심 놀란 듯 어색한 미소를 지어 보였다. 희덕은 허리를 푹 숙여 일균에게 인사한 후 뒤를 돌아 거리를 걷기 시작했다. 학교를 나섰을 때보다 기분이 더 축 처지고 말았다. 물어보려 했던 수첩의 내용도 결국 알 수 없었고, 자신에게 친절히 대해 준 일균의 의견에 반박해 못된 아이라는 인상을 준 것은 아닐까 하는 두려움이 커져 갔기 때문이었다.

'왜 하필 계월 선생님 같은 사람이 나타나서 이렇게 머리를 어지럽히는 거야?'

남산 위 신궁 입구에 세워진 도리의 모양도 오늘따라 입을 벌려 희덕을 비웃는 듯했다. 희덕은 기분 전환이라도 할까 싶어 백화점 안으로 들어갔지만, 점원은 일균과 함께 있던 때와는 다르게 유리 진열장을 기웃거리는 희덕을 흰 눈으로 쳐다보았다. 희덕은 부끄러워져 도망치듯 밖으로 나왔다. 한 노파가 서투른 일본어와 중국어로 좋은 요릿집이 있다며 신사들의 소맷부리를 잡아끌며 앞을 가로막는 바람에, 희덕은 발을 헛디뎌 비틀거렸다. 갑자기 도로에 뛰어든 희덕에게 전차가 경적을 울렸다.

"오메, 죄송혀요!"

후다닥 소란을 피하려던 희덕은 누군가의 등에 이마를 세게 부딪히고 말았다. 습관적인 사과의 말이 저절로 흘러나왔다.

"괜찮습니까?"

양 볼이 두둑하게 처진 남자는 이마를 문지르고 있던 희덕에게 화를 내는 대신 사려 깊게 물었다. 재킷 앞주머니에 회중시계 줄을 늘어뜨린 풍채 좋은 이를 보고 희덕은 아직 경성이 그리 박한 거리는 아니라고 생각했다. 남자는 희덕의 사투리를 듣고는 껄껄 웃었다.

"하이고, 동향이네. 경성에서 동향 만나기가 힘든디."

희덕은 눈을 둥그렇게 떴다.

"어디, 부모님은 고향에 계시는가? 보니까 일자리 찾으러 올라왔나 보네."

희덕은 고개를 저었다.

"지는 학교에 다녀요."

"학교라."

남자는 너털웃음을 터뜨리며 길을 잃었다면 안내해 주겠다고 했다. 경성에 올라온 지 꽤 시간이 흘렀는지 사투리가 어색했다. 걷는 내내 돈 얘기를 하는 걸 보니 직업을 소개하는 사람인 듯도 했다.

"어라."

"왜 그러나?"

"여기가 아니어요."

남자가 이끈 골목에는 아편에 취한 사람들이 희덕과 남자를 빤히 보고 있었다.

"저는 진화여고보로 돌아가야 하는데요. 여기서 북쪽으로……."

남자는 코웃음을 쳤다.

"아이고, 여학생 놀이를 하는 어린아들이 많아졌다 카드마. 무신 자네를 학생으로 보는가, 응."

희덕이 할 말을 잃고 눈을 끔뻑이자, 덩치 큰 남자는 자신이 말로 이겼다 생각했는지 가소로운 눈길로 희덕을 바라보았다.

'도대체 왜 내 말을 믿어 주는 사람이 하나도 없는 거야?'

분해진 희덕은 담배에 불을 붙이는 남자에게 아무 인사 없이 등을 홱 돌렸다. 남자의 통통한 손이 희덕의 옷소매를 단단히 붙잡아, 희덕은 꽥 소리를 지르며 소매를 털었다.

"놔요!"

이렇게까지 반항할 줄은 몰랐는지 남자가 조금 당황한 표정으로 물러서자, 잡고 있던 희덕의 소매가 투둑 소리를 내며 터졌다.

"앗!"

그때였다. 희덕의 옷소매를 잡고 있던 남자의 손을 긴 팔이 낚아챘다.

정리되지 않은 곱슬머리를 한 호리호리한 여성이 어느새 희덕의 뒤에 서 있었다. 남자는 눈썹을 구기며 손을 빼내려 했지만 아무리 힘을 주어도 계월의 손아귀에 단단히 잡힌 손목은 빠지지 않았다. 남자는 놀라 쳐다보았지만, 계월의 얼굴에는 아무 표정이 없었다. 다만 희덕이 일전에 보았던 뜨겁게 타오르는 붉은빛 눈으로, 덩치 큰 중년을 지그시 바라볼 뿐이었다.

계월이 입을 헤벌린 남자의 이마를 손가락으로 짚자 그의 육중한 몸뚱이는 소리 한번 내지 못한 채 나무통처럼 쓰러졌다. 골목에서 놀고 있던 지저분한 아이들이 고함을 지르며, 잔뜩 미간을 구긴 계월과 할 말을 잃어버린 희덕 사이로 우르르 달려갔다. 맞은편 골목에서 경찰들이 몽둥이를 들고 길거리에 앉아 있던 거지들을 쫓아내고 있었던 것이다.

"빨리 뛰어!"

희덕이 무어라 대답하기도 전에, 계월은 희덕의 팔뚝을 한 손으로 꽉 쥐고선 경찰들의 반대편으로 내달리기 시작했다. 경찰이 더 이상 보이지 않을 만큼 멀어졌는데도, 계월은 뜀박질을 멈추지 않았다. 숨이 턱까지 찬 희덕이 손목이 잡히지 않은 다른 쪽 팔로 세차게 계월의 등을 두드렸다.

"잠깐, 잠깐만!"

계월은 희덕을 흘긋 바라보고 이내 멈추는가 싶더니, 희덕을 번쩍 들쳐 업었다.

"엄마야!"

희덕은 미끄러지지 않기 위해 계월의 어깨를 꼭 끌어안았다. 인간이 뛸 수 없는 속도로 달려, 지나온 길이 순식간에 멀어졌다. 희덕은 어지러워 눈을 감고 말았다.

희덕이 흔들리는 머리 때문에 멀미가 날 지경이 되었을 때에야 계월은 천천히 속도를 줄였다. 계월이 희덕을 내려놓은 곳은 키 큰 나무들이 즐비한 이름 모를 산의 중턱이었다.

'이제 다 끝났구나!'

계월이 기어코 자신을 해칠 요량으로 인적 없는 산속을 택했다는 생각이 든 희덕은 가련한 기분이 되어 무릎에 얼굴을 파묻고 흐느꼈다.

"얘!"

계월이 희덕의 어깨를 잡고 일으켰다. 키가 큰 수풀을 헤치자, 한 사람이 지나다닐 만한 오솔길이 나왔다. 좁은 길을 따라 그 끝으로 눈을 돌려 보니, 무성한 잎을 자랑하는 밤나무 사이로 2층짜리 벽돌 건물이 보였다. 계월은 재즈 곡조가 은은하게 흘러나오는 아치형의 나무 문을 쿵쿵 두드렸다. 머리를 짧게 자른 시종이 문을 열어 주어 희덕은 옆에 걸린 현판조차 보지 못한 채 계월에게 끌려 들어갔다.

안에는 둥근 테이블이 홀 가장자리에 늘어서 있고, 카펫 위에 사람들이 네다섯 명씩 모여 대화를 나누거나 음악에 맞추어 발을 구르고 있었다. 희덕은 계월이 자기를 끝내기 전에 도대체 무슨 짓을 하려는가 싶어 몸을 움츠렸다. 계월은 희덕을 테이블 앞에 앉히더니 자기도 맞은편에 앉아서 엉망이 된 머리를 쓸어 넘겼다. 희덕은 아무도 없는 산속에 비하면 사람들 사이에 있다는 사실이 마음 놓였으나, 주변을 둘러보고는 얼어 버릴 수밖에 없었다.

건너편 테이블에 앉은 한 여자가 희덕을 보고 눈웃음을 지었다. 아니, 머리가 긴 남자였다. 스커트를 입고 긴 머리를 부풀렸지만 어깨의 선이 단단하고 골격이 굵었다. 희덕은 전주에서 종종 보던 사당패의 주인공 마누라 역 남자가 화려한 치마를 입고 하루 종일 마을을 돌아다니던 모양을 떠올렸다. 그렇게 생각하니 마음이 조금 편안해졌다. 그 옆에는 머리를 짧게 자르고 바지를 입은 여자 둘이서 희덕을 보고 소곤대고 있었다. 쌍꺼풀이 짙고 눈썹 뼈가 툭 튀어나온 사람들은 조선 저고리에 양복바지를 입은 채로 카드놀이를 하고 있었다. 중국옷을 입은 여자가 보이에게 담배에 불을 붙여 달라고 요구했다. 귓가에는 미국 말과 노서아 말이 번갈아 들려왔다.

희덕은 자신이 경성에서 가장 기이한 장소, 어디든 갈 수 있지만 어디에도 속하지 못하는 사람들이 모여드는 중립의 공간, 카페 스칼렛에 들어온 것을 그때만 해도 모르고 있었다.

흑흑백백

"그자와 무슨 얘길 한 거야?"

"네?"

"김일균 말이야!"

계월이 테이블을 손바닥으로 내리쳤다. 다른 테이블에 앉아 있던 손님들이 희덕과 계월 쪽으로 고개를 돌렸다. 그러나 그 누구도 계월을 말려 주지는 않을 것 같았다.

"몰라요."

"모른다고?"

"선생님이 알 바 아니잖아요!"

희덕은 울음을 터뜨렸다. 동백이 빌려준 깨끗한 저고리는 구겨지고, 소매까지 터져 버렸다. 정신없이 뛰어오느라 머리도 엉망이 되었고 신발 한 짝은 오다가 떨어뜨렸다. 희덕은 서러움이 밀려왔다. 앉아서 한숨을 돌릴 수 있게 되자 그제야 일균이 자신의 말을 믿어 주지 않았던 일이 다시 떠올랐고, 서울역 앞에서 이상한 남자를 만나 신문에나 나올 법한 호된 꼴을 당할 수도 있었다는 무서운 생각이 들었다. 다른 테이블에서 들려오는 마작 패 섞는 소리와, 누군가 피우는 아편일지도 모를 냄새에 머리까지 아팠다.

딸꾹질을 하던 희덕은 입구에서 들어오는 쪽머리 진 여성과 눈이 마주쳤다. 그 사람은 종업원과 무어라 이야기하더니, 희덕과 계월이 있는 테이블 쪽으로 다가왔다.

"어머나, 이게 누구예요!"

희덕은 깜짝 놀라, 계월의 어깨에 다정하게 손을 짚는 여자를 바라보았다. 자주색 저고리에 붉은 숄을 걸치고 비녀를 꽂은 모습에 희덕은 홀린 듯 시선을 빼앗겼지만, 여학생이 기생과 말을 나누는 장면을 본다면 그 누구도 좋게 여기지 않으리라 생각하고 입을 꾹 닫았다.

"이게 얼마 만이에요!"

매끈한 얼굴의 주인공은 붙임성 좋게 말을 걸었다.

"네가 오늘 여기 있는 줄은 몰랐는데……."

반가워하며 다가온 사람에 비해 계월은 당황한 낯빛이었다. 어쩐지 생경한 모습에 희덕은 두 사람의 사이가 내심 궁금해 대화에 귀를 기울였다.

"가게 주인이 가게를 봐야지요. 안 그래도 백송에게 이런 저런 이야기 전해 들었어요, 계월 선생님."

주인은 계월의 주름진 미간을 보고서도 서글서글하게 웃으며 옆자리에 엉덩이를 붙여 앉았다. 계월은 마지못한 표정으로 곁을 내주었다. 학교에서도 계월을 좋아해 사감실에 무턱대고 얼굴을 들이미는 학생들이 꽤나 있었지만, 평소에 그런 아이들을 냉정하게 쳐 내는 모습과 달리 이 주인이란 자에게는 무슨 약점이라도 잡힌 듯했다.

"이런! 배가 고프시겠어요. 식사는 제가 대접할게요."

자신을 쳐다보는 희덕을 알아차린 주인이 말했다.

'아니에요!'

희덕은 속마음을 들킨 것 같아 얼굴이 붉어져 손을 내저었지만, 주인은 친절하게도 종업원을 불러 메뉴판을 가져다 달라고 요청했다.

"선생님도 여기까지 오신 김에 편하게 계세요."

초조하게 테이블을 두드리는 손에 주인이 손을 얹자, 계월은 더 이상 참지 못하고 자리에서 일어섰다.

"난 백송을 보러 온 거지, 너랑 있으려고 온 게 아니야."

계월이 홀 반대편으로 성큼성큼 사라지자 주인이 희덕에

게 말을 건넸다.

"선생님이 참 수줍음이 많지요?"

"네에?"

계월의 어떤 구석을 살펴보아도 전혀 어울리지 않는 수식어에 희덕은 그가 계월에게 홀려 이상해져 버린 게 아닐까 하는 의심이 들었다.

"부끄러워서 그러는 거예요. 신세 지기를 싫어하니까."

희덕은 눈을 가늘게 떴다. 그래도 서울역에서 마주친 사람보다는 믿을 만한 듯했다. 게다가 이렇게 상냥하게 메뉴판을 펼쳐 먹고 싶은 것을 마음껏 고르라고 하는 인물을 의심하고 싶진 않았다.

"계월 선생님이 있는 학교의 학생이지요? 이야기 들었어요."

"제 이야기를요?"

희덕은 놀란 와중에도 메뉴판에 실린 요리 중에 하나를 손가락으로 골랐다. 고개를 끄덕이는 주인의 얼굴이 어쩐지 친근했다. 코에 찍힌 점, 상냥한 눈매와 얇게 그린 눈썹이나, 미소를 지을 때 입꼬리가 올라가는 모양이 분명 어딘가에서 본 적이 있었다. 하지만 아무리 기억을 뒤져 봐도 이런 좋은 옷을 입는 기생과는 알고 지낸 적이 없었다. 계월을 선생님이라 부르는 걸 보니, 자신처럼 여학교를 나온 사람인가 보다는 생각이 든 찰나, 희덕은 입을 가리고 놀라고 말았다.

"화, 화란!"

아까 백화점에서 본 포스터 속 바로 그 얼굴이었다. 화란은 희덕이 놀라 일어나자 레코드판에 실린 수줍은 미소와는 달리, 입을 크게 벌려 유쾌하게 웃었다.

"왜, 왜 일본이랑 미국에서 공연을 하던 사람이 여기 계세요?"

희덕은 머뭇거리며 물었다. 화란의 입에서 나온 말은 희덕을 더 놀라게 했다.

"그야, 계월 선생님을 만나러 왔지요."

종업원이 갈색 소스를 끼얹은 라이스 두 그릇을 주인과 희덕의 앞에 하나씩 놓았다.

"계월 선생님은 학교에서 잘 지내시는지요?"

화란은 마치 멀리 유학을 떠나보낸 가족의 안부를 묻기라도 하는 것 같았다.

"아니요."

"네에?"

"선생님은 학교에서 이상한 일을 하고 있어요."

희덕은 도저히 거짓말을 할 수가 없었다.

"이상한 일이라니요?"

"학생들이 마음대로 생활해도 뭐라 하지도 않고, 그리고, 그리고……."

"아직도 사람의 피를 마시나요?"

희덕은 자리에서 펄쩍 뛰어오를 뻔했다.

"제가 그것은 위험하니 자제하라고 말씀드렸거든요."

"어, 어떻게…… 그럼 당신도 설마 피를 마시는……."

"저는 카레라이스가 제일 좋아요."

화란은 웃으며 말을 이었다.

"계월 선생님은 특이한 힘을 갖고 계셔서 그 때문에 나름대로 노력을 하시는 거예요. 그게 다른 사람의 눈에는 어떻게 보일지 모르겠지만. 제 말, 믿을 수 있나요?"

희덕은 화란의 조곤조곤한 말소리에 간신히 안정을 찾고 식사를 했다. 잠시 후 두 그릇이 깨끗이 비워졌다. 밥풀 하나까지 긁어 먹은 희덕은 후식으로 나온 비스킷까지 서너 개쯤 입에 넣자 아까보다 기운이 좀 생겼다.

"저어, 혹시 이 과자를 싸 갈 수 있을까요? 언니들이랑 친구랑도 나누어 먹고 싶어요."

"착하기도 하지."

화란은 알겠다며 자리에서 일어나 희덕을 다른 곳으로 안

내했다. 둥근 아치형의 문을 지나 뒤뜰로 들어서자, 주변이 억새풀로 뒤덮인 허름한 창고가 있었다. 화란은 치마를 붙잡고 휘적휘적 잘도 걸어갔다. 창고 문 앞에 못으로 박혀 있던 나무판자는 걸쇠를 밀어 올리자 쉽게 열렸다. 단순히 눈속임을 위한 장치였던 것이다.

희덕은 낯선 창고 안에 갑자기 들어가자 잠시 분간이 되지 않았지만, 계월의 놀란 표정만은 똑똑히 볼 수 있었다. 갓이 달린 전기등 하나만이 커다란 탁자를 비추고 있었다. 쓰지 않는 물건을 넣어 두는 창고인지, 쌓아 놓은 짐으로 가로막혀 면적이 얼마 남지 않은 유리창에는 대나무 발마저 드리워 있어 바깥에선 안쪽이 전혀 보이지 않을 듯했다.

"여긴 왜 데리고 왔어?"

불청객을 대하는 계월의 태도에 희덕은 화란의 뒤로 물러섰다.

"내가 데리고 오라 했지."

걸걸하고 낮은 목소리가 대답했다. 계월의 맞은편에는 머리가 하얗게 센 아주머니가 손바느질로 천을 꿰매고 있었다. 화란이 간식을 싸 줄 테니 잠시 여기서 기다리란 말을 남기고 나갔다.

희덕은 계월과 눈을 마주치기가 머쓱해 오른쪽에 앉아 있던 아주머니가 무엇을 만드는지 지켜보았다. 그는 능숙한 손놀림으로 흰 천 네 귀퉁이에 가느다란 검은 천 조각을 일정한 간격으로 붙였다. 빨간 원 모양 천을 가운데에 박음질하고, 반쪽짜리 파란색 천을 그 위에 겹치자 지금 조선에선 쉽게 볼 수 없는 깃발이 완성되었다. 희덕의 눈이 휘둥그레졌다.

일본에 대항하는 사람들이 목소리를 낼 때마다 깃발을 내걸고 거리를 걷게 된 이후로, 태극 무늬는 신문 귀퉁이에 실리기만 해도 일본 공무원에 의해 검열되어 먹으로 지워졌다. 그럴수록 이런 상징이 필요한 일은 점점 늘어나기만 했다.

"백송, 상해 쪽에서 부탁한 서신이 왔어요."

화란은 희덕에게 종이에 싼 비스킷을 챙겨 주고는 백송이라 불린 아주머니에게도 편지를 전해 주었다.

"이 애를 여기까지 들이면 어떻게 해?"

"내가 만나러 나가기엔 무릎이 아파서 말이야."

백송이 무릎을 두들기곤 희덕에게 씩 웃어 보였다.

종이에 싸인 주전부리를 만지작거리면서 멋쩍은 기분이 들긴 했지만, 희덕은 자리에서 일어날 마음은 생기지 않았다. 이대로 떠나기엔 궁금한 것이 너무나도 많았기 때문이다. 왜 이들이 갖고 있기만 해도 처벌을 받는 깃발을 여기서 만들고 있는지, 알고 싶었다. 백송이라 불린 아주머니가 말을 걸기까지 희덕은 잠자코 앉아 있었다.

"소매가 뜯어졌구나."

"오다가 옷이 망가졌어요."

"내가 꿰매 줄 테니 이리 벗어라."

희덕은 저고리를 풀다가, 계월의 눈치를 살폈다.

"에구, 뭘 하고 있담. 얼른 나가게."

희덕은 계월이 백송의 말을 군말 없이 따르자 놀라고 말았다. 나무 미닫이로 된 문이 소리를 내며 닫히고 잠시 고요가 흘렀다.

"참……. 계월이 생긴 것답지 않게 우악스러운 구석이 있지."

하얗게 센 머리에 눈가에는 주름이 졌어도 여전히 허리가 꼿꼿한 백송은 이름 그대로 흰 눈이 덮인 소나무를 연상시켰다.

"선생님에겐 아는 사람이 하나도 없을 줄 알았어요. 친척 아주머니이신가요?"

"친척? 아니, 아니야."

계월의 수첩은 아직도 저고리 주머니에 잘 들어 있었다. 희덕은 주머니 속 물건을 챙긴 후 저고리를 백송에게 건넸다.

"계월은 나보다 더 아는 게 많고, 지내 온 세월도 길단다."

"우리 방 언니랑 동갑일 텐데요."

백송은 웃었다.

"이제 받아들이렴."

"무엇을요?"

"계월이 평범한 사람이 아니라는 걸 말이야."

"하지만……."

희덕은 계월이 언니들에게 최면을 건 것을 보았다. 자전거보다 더 빠르게 달리는 것도 보았다. 하지만 희덕은 고개를 세차게 저었다.

"그럴 리가 없어요. 그런 건 전부 미신이에요."

"너도 피곤하겠구나. 계월이 보통 사람과 다르다는 걸 아는 사람은 학교에서 너밖에 없잖니."

희덕은 울컥 뜨거운 기운이 목구멍으로 올라오는 것을 느꼈다. 백송의 다정한 말에 점점 명치 부근이 따듯해지는 듯했다.

"우리는 이렇게 숨을 쉬고 걸어 다니고 아침과 밤을 겪으며 늙어 가지만, 세상엔 가끔 그 이치에 따르지 않는 존재들이 있단다."

저고리 소맷부리를 매만지는 백송의 마디 굵은 손가락을

보자 희덕의 머릿속에 고향 마을 서낭당의 키 큰 나무들이 떠올랐다.

"내가 어릴 적에는 그런 치들이 아주 많았어. 서로가 균형을 지키며 살았지. 그래서 나 같은 사람들이 마을에 하나씩은 있는 거야. 그들과 인간 사이를 조율하기 위해서."

"그럼…… 계월 선생님이 귀신이란 건가요?"

"귀신일 수도 있고, 귀신이 아닐 수도 있지. 계월 같은 경우엔 좀 특이하거든."

백송은 앞니로 실을 끊어 바늘귀에 넣었다.

"영적인 존재만이 아니야. 계월처럼 실체가 있는, 말하자면 보존해야 할 몸뚱이를 가진 자들이 있어. 마을 서낭당에 머물던 도깨비들이나, 연못을 지키는 용신이나……."

"도깨비라니, 말도 안 돼요!"

희덕은 웃어 버리고 말았다.

"아이고, 흡혈귀도 있는데 도깨비라고 없을까. 너는 구미호 같은 옛이야기가 그냥 나온 건 줄 아니?"

백송의 말은 너무나 터무니없었다. 그러나 한편으로 그의 말이 거짓말 같지는 않았다. 희덕이 계월을 만나기 전엔 계월의 세계를 몰랐듯이, 아마 백송도 자신만의 세계가 있는 것은 아닐까 하는 생각이 들었다.

"하지만 그런…… 그런 사람 아닌 존재를 저는 계월 선생님 말고는 한 번도 보지 못했어요."

"조선 땅에서 발붙이고 살던 신들은 터를 잃은 지 오래란다. 일본군이 들어와 헤집고 다닌 탓에 전부 쫓겨나 버렸지."

희덕은 백송을 이해하고 싶은 한편으로, 어딘가 미심쩍은 점을 그저 고개를 끄덕여 넘겨 버리고 싶지는 않았다.

"그게 정말 사람이 아니고, 위험한 것들이라면…… 차라리 조선 땅에서 사라지는 게 낫지 않을까요?"

"계월 같은 자들이 꼭 나쁘다고만 생각하니?"

희덕은 어찌 대답해야 할지 모르겠다는 생각에 스스로 놀라고 말았다.

"어쩌면 그럴지도 모르지. 어쩌면 말이야. 너처럼 묻는 사람들이 아주 많을 거야. 그게 세상이 변해 간다는 증거일지도 몰라. 서로 다른 모습이 어울려 살기보다 배척해야 한다고 먼저 배워 버리는 게."

백송은 터진 소맷부리를 잡고 잠시 살펴보더니, 고개를 푹 숙이고 바느질을 시작했다.

"그들은 한때 사람처럼 지내기도 했고, 이 땅 위에 살아가는 인간에게 도움을 주기도 한 자들이었단다. 요즘 사람의 논리에 맞추어 설명되지 않는다고 해서 그들과 함께 살아갈

가치가 없는 걸까? 그런 가치의 기준은 누가 정하고, 누구의 허락을 받아야 하는 거니?"

백송은 고개를 갸우뚱하는 희덕의 표정을 보고 너털웃음을 터뜨렸다.

"이해가 안 될 수도 있지. 어쩌면 이런 게 나 같은 사람의 운명인지도 몰라. 쫓겨난 자들을 거두어 보호하고, 함께 어우러지도록 조율하는 것 말이야."

"그래서…… 선생님과 알고 지내신 건가요?"

"세상엔 인연이라는 게 있고, 때라는 게 있는 법이란다. 바로 네가 나와 만난 것처럼."

백송은 씩 웃었다.

"저 함경도에, 얼마 남지 않은 기이한 존재들을 보호하던 선생이 있었어. 최근에는 만주로 이주를 했지. 우리는 계월도 그쪽으로 보냈으면 한단다. 조선에는 사람도 제대로 살아갈 땅이 점점 사라지고 있으니."

"하지만 선생님은 떠날 준비를 하는 것 같지는 않았어요……."

"그래. 그곳에 가는 게 영 내키지 않는 모양이야."

백송이 수선된 저고리를 내밀었다. 소맷부리에 끝동이 깔끔하게 붙어 있었다. 옷을 다시 입고 고름을 매자, 희덕은 그제야 기분이 썩 나아진 느낌이었다.

“혼자서 그곳에 가려는 마음을 먹는 건 아주 어려운 일일 거라는 생각이 들어요. 만주는 옆 마을 같은 데가 아니잖아요? 아무리 조선에서는 살기 어렵다고 해도…….”

“네 말을 들으니 그렇기도 하겠구나.”

백송은 희덕을 학교까지 데려다주겠다고 일어섰다. 희덕은 무릎을 짚고 일어나는 백송을 보고 만류했으나 묻고 싶은 것이 떠올라 고개를 끄덕였다. 하지만 전차를 탈 때까지 그 질문을 하지 못하고 망설였다.

‘선생님을 아는 사람에게 털어놓아도 되는 걸까?’

희덕은 주머니 속 수첩을 더듬었다. 그런 고민을 하던 찰나, 희덕은 백송의 까만 눈동자와 하얀 눈동자가 둘 다 저를 향한 것을 알아차렸다. 그때까지 친절한 얼굴로 희덕을 보던 백송의 표정이 갑자기 무섭게 변했다.

“그걸 니가 왜 갖고 있냐! 언능 돌려주어. 어린아가 갖고 있을 만한 물건이 아니여.”

백송의 초점 없는 왼쪽 눈이 희덕을 쏘아보는 듯했다. 희덕은 깜짝 놀라 침을 꿀꺽 삼켰다.

“제가 뭘요?”

희덕은 최대한 얌전한 아이처럼 보이도록 애쓰며 말했다.

"그걸 네가 알지 내가 알겠니? 마음은 알겠다만 남의 물건에 손을 대면 안 되지. 그것도 그리 다루기 힘든 물건에. 얼른 제자리에 갖다 놓아라."

백송의 말투는 어느새 아까처럼 차분해져 있었다.

"저도 제가 잘못한 걸 알아요."

어떻게 해선지는 몰라도, 백송이 비밀을 알아채자 희덕은 덜컥 겁이 났다.

"그치만 불공평해요."

"뭐라고?"

"선생님은 제 성적부터 누구랑 친한지까지 다 알고 있는데, 저는 선생님에 대해 아는 게 하나도 없잖아요."

"하나도 없다고? 아하하하!"

오십 대의 여성이 전차 한가운데서 몸을 젖혀 웃기 시작하자, 승객들이 깜짝 놀라 돌아보았다. 희덕은 어색하게 미소 지어 보였지만 백송은 사람들의 시선이 아무렇지도 않은 듯 치마에 잡힌 주름을 탁탁 털 뿐이었다.

"그렇게 보이진 않았는데 욕심이 많은 아이로구나. 그래도 뭔가 궁금하면 물어보면 되지, 물건을 훔치는 게 옳은 일이라 생각되더냐?"

"선생님에겐 말하지 말아 주세요. 선생님에 대해 조금 더 알 때까지만 지니고 있고 싶어요."

백송은 잠깐 고민하는 듯하더니 천천히 고개를 끄덕였다.

"알겠다. 그래도 혹시 모르니까 조심히 다루어라. 아주 잘 숨기고 있어야 해."

"왜…… 왜요?"

미간을 찌푸린 백송의 시선이 먼 곳을 향했다.

"글쎄, 어쩐지 그런 느낌이 드는구나. 좋은 기운을 불러오는 물건은 아니야……."

백송은 희덕을 학교 앞까지 데려다주었다. 희덕은 마지막으로 묻고 싶은 게 있어, 교문에서 돌아서려는 백송을 불러 세웠다.

"저어……."

"응?"

"계월 선생님도 혹시 거기서 바느질을 한 적이 있나요?"

희덕은 도무지 계월이 어두운 불빛에 의지해 한 땀 한 땀 끈기 있게 바느질을 하는 모습이 상상되지 않았다.

"한 적은 없지."

백송의 길쭉한 눈이 장난스럽게 휘어졌다.

"하지만 계월은 우리가 그리할 수 있도록, 그 터를 마련해 주었단다."

정당한 스파이

'터를 마련해 주었다는 게 도대체 무슨 말일까?'

희덕은 창밖으로 천천히 흘러가는 구름을 바라보았다. 마지막 수업을 마치는 종이 울리자, 합창에서 화음 넣는 연습을 하던 학생들은 들판의 염소 떼처럼 떠들며 교실 밖으로 나갔다.

희덕은 며칠 동안이나 백송이 했던 아리송한 말들을 이해해 보려 애썼다. 아직 살아온 날이 얼마 되지 않아서인지, 아니면 아무리 어른이라도 이해할 수 없는 기묘한 이야기였기 때문인지 스스로 머리가 이상해져 버린 것이 아닌가 하는 생각이 들었다. 계월에 대한 것뿐만 아니라 이 세상이 도대체 무엇으로 이루어져 있는지, 전에는 하지 않았던 심오한 질문마저 들기 시작했다.

"거기, 학교에서 뛰지 마세요!"

아이들이 복도를 빠른 걸음으로 지나쳐 가자 앤더슨은 이번 주말 환영회를 앞두고 새로 들여놓은 화분이 넘어질세라 안절부절못했다.

교장 선생님이 주로 감리교와 관련된 사업가와 선교사로 이루어진 후원 단체를 위해 소박한 환영회를 준비하도록 지시한 이후로, 초여름의 학교는 햇빛을 받아 잎을 푸르게 피워 내는 인왕산의 나무들처럼 분주해졌다. 합창단이 연습하는 찬송가가 하루에 한 시간씩은 꼭 학교를 메웠고, 복도는 구석까지 깨끗해져 엉킨 머리카락이나 흙먼지가 자취를 감추었다. 학생들은 교복 저고리의 흰 동정에 누런 부분이 없도록 양잿물로 빨았으며, 고학년들은 뒷산에서 나팔꽃이나 노란 원추리를 꺾어 와서 교탁이나 창턱에 화병을 올려 두었다. 금이 간 창문에 새 유리까지 끼워 넣자, 손님맞이를 귀찮아하던 선생이나 학생까지 들뜬 기색을 숨기지 못했다. 오직 희덕만이 미간에 어두운 기운을 드러낸 채로 어젯밤 사감실에서 계월과 나눈 대화를 떠올리고 있었다.

"진짜 만주로 가시나요?"

계월은 희덕의 말을 듣고 한숨을 내쉬었다.

"백송이 네게 쓸데없는 말을 했구나."

희덕은 물러서지 않고 계속 질문했다.

"선생님은 원래 그렇게 태어나셨나요? 아니면 무슨 일을 겪어 그렇게 된 건가요?"

계월은 아무 대꾸도 하지 않고 학생 장부를 신경질적으로 넘겼다.

"흡혈마라는 그거…… 혹시 나도 될 수 있는 거예요?"

희덕의 마지막 물음에 계월의 표정이 싸늘해졌다. 이제까지 본 적 없는 무서운 얼굴에 희덕은 제 발로 일어설 수밖에 없었다.

"두 번 다시 그런 소리 꺼내지 마!"

계월은 희덕의 눈앞에서 쾅 소리를 내며 사감실의 문을 닫았다.

"희덕아!"

음악실에서 나와 멍하니 기숙사로 향하던 희덕은 경애의 목소리에 화들짝 정신을 차렸다. 합창 공연을 위해 피아노를 치는 경애의 옆구리엔 악보가 끼워져 있었다.

"나 피아노 연습 더 해야 해. 저녁 먹을 때까지만 같이 있자."

'……정말 제멋대로인 구석이 있다니까.'

희덕은 피아노실의 열쇠를 손가락으로 빙빙 돌리는 경애를 보고 무심코 그런 생각이 들었다. 경애에겐 미안하지만, 일균을 떠올리면 아직도 꺼림칙한 기분이 드는 것은 사실이었다.

"할 일이 있어서 가 봐야 해. 동백 언니가 빨래를 시켜서."

빌려준 옷을 더럽혀 온 이후로 희덕은 일주일째 동백의 빨래를 하고 있었다.

"언니들이 시킨다고 네가 안 해도 되는 일까지 할 필요는 없어!"

희덕이 무어라 대꾸해야 할지 몰라 가만히 있자 경애는 괜히 손바닥으로 난간을 만지작거렸다.

"저기."

경애가 머쓱한 목소리로 입을 열었다.

"우리 오빠랑 무슨 일이 있었니?"

희덕은 가슴이 철렁 내려앉았다. 자신이 허황된 괴담을 믿는다고 일균이 경애에게 말한 게 아닐까?

"사과해야 할 것이 있다고, 소포를 전해 달라더라."

"소포라고?"

예상치 못한 말에 희덕은 경애의 눈을 바라보았다.

"네가 우리 오빠랑 단둘이 외출한 거 알아."

희덕은 얼굴이 붉어졌다. 자기가 없는 동안 일균이 면회를 왔다는 사실도 경애가 알아차리지 못할 리 없었다.

"아……."

희덕은 하고 싶은 말이 많았지만, 어디서부터 이야기를 해야 경애의 마음에 상처를 주지 않고 일균과 다투었다는 말을 할 수 있을지 알 수가 없었다. 희덕이 꾸물거리자 경애가 먼저 말을 꺼냈다.

"네가 우리 오빠를 좋아해도 괜찮아. 난 상관없어. 게다가 우리 오빠랑 너랑 두고 고르라면, 난 네가 더 좋으니까."

"정말이니?"

무슨 말이든 주저하지 않고 꺼내고 보는 경애도 이번만큼은 멋쩍은 듯 악보를 매만졌다.

내가 정말 일균 오라버니를 좋아하나? 희덕은 그런 생각이 들었다. 물론 다시 만나면 인사 정도야 할 수는 있겠지. 하지만 거기까지였다. 그렇게 헤어진 것을 떠올리면 아직도 마음 한구석이 서늘해졌다. 희덕은 그때 이후로 일균이 무엇을 하며 지내는지, 어떤 생각을 하는지 궁금해한 적이 없다는 사실을 떠올렸다. 그걸 좋아하는 감정이라고 말할 수 있을까? 그보다는 더 중요한 것이 있었다. 희덕은 계월에 대한 생각으로 머리가 가득 차 있었다.

"어! 저게 뭐지?"

그러나 모든 일을 잠시 잊게 만드는 사건이 생겼다. 아침부터 비를 머금은 구름이 하늘을 뒤덮은 날이었다. 수업이 막 끝났을 때였다. 교실 안에 남아 있던 학생들이 창밖 운동장 쪽을 보고 웅성거렸다.

"경찰이야!"

"경찰이라고?"

그 소리에 희덕과 경애뿐 아니라 의자에 앉아 있던 아이들이 일제히 유리창 앞으로 모여들었다. 창가에서는 선교사 선생님 두 명이 교문 앞으로 부리나케 나와 일본 경찰들을 마주하는 모습이 보였다.

"칼까지 차고 있어. 봤어?"

"경애야! 어서 기숙사에 가 있자."

겁이 난 희덕은 경애의 팔짱을 꼭 끼고 기숙사로 향했다. 경찰이 학교 건물로 들어오는 것을 끝까지 지켜보려 교실에 남는 아이들도 있었다.

"경찰이 학교 안으로 들어오다니!"

동백과 난초도 벌써 그 소식을 들은 모양이었다. 경애는 제 방으로 가지 않고 희덕의 침대 위에 걸터앉아 언니들에게 물었다.

“이전에도 경찰들이 학교 안에 들어온 적이 있었나요?”

난초는 고개를 저었다.

“그래도 작년에는 교문 앞에서 째리보기만 했제, 아까처럼 그카진 않았다.”

4학년끼리 긴급한 회의를 마치고 들어온 단이가 아이들을 안심시켰다.

“얘들아, 너무 긴장하지 마. 별일 아닐 거야.”

그러나 방 안에 있는 사람들 중 단이가 가장 창백하게 질려 있어, 되레 누군가 그에게 휴식을 취하라고 일러 주어야 할 것 같았다. 경애가 단이에게 말을 건넸다.

“우리 방 언니한테 들었어요. 우리 학교에서도 작년에 시위를 해서 몇 명이 경찰서에 갔다면서요.”

“시위?”

희덕은 놀라 경애에게 물었다.

“재작년 광주에서 일본인 남학생이 조선인 학생을 희롱했다가, 서로 싸움이 났는데도 조선 학생들만 경찰에 불려가 호되게 벌을 받았지 않니? 그 사건 때문에 전국 학생들이 들고 일어났었잖아. 그 시위가 우리 학교에서도 있었대.”

단이는 경애와 희덕 곁으로 의자를 빼내 와 앉았다.

"그래, 맞아. 그런데 그 사건 전부터 조선 학생들과 일본 학생들의 교육이나 대우에 차별을 두는 것에 불만이 많았어. 교문 앞에 학생들이 나와 경찰과 대치하고 독립 만세를 부르는 일이 여러 번 있었지. 다른 학교에서도 말이야."

"제가 궁금한 건, 그 시위에 참여한 언니들이 지금 어디에 있느냐예요."

"다들 아직도 그 자리에 있지. 퇴학을 당하거나 학교를 그만둔 친구들도 있지만……."

"그럼 오늘도 그 사건 때문에 경찰들이 온 걸까?"

"일단 학생들을 부르지 않는 걸 보니, 그 문제는 아닌가 보구나. 선교사 선생님들이 말해 주시길 기다려야겠지. 우리에게 솔직하게 전부 알려 주실지는 모르겠지만."

'혹시 계월 선생님과 관련된 일일까?'

희덕은 오는 길에 본, 비어 있던 사감실을 떠올렸다.

아까의 소란 때문인지, 자습 시간을 알리는 종은 평소보다 늦게 울렸다. 경애와 이런저런 이유를 추측하며 자습실에 들어선 희덕은 경찰이 온 일에 대해 이야기하는 아이들 무리를 발견했다. 용기 있게 교무실까지 내려가 상황을 알아본 학생이 있는 듯했다.

“경찰들이, 안덕순 선생님이랑 구란사 선생님까지 와서 말렸는데도, 본관까지 막무가내로 들어왔대. 불령선인이 있다는 확실한 제보를 받았다는 거야. 결국 수색은 교무실에서만 했는데, 지리 선생님 책상에서 뭔가를 찾아낸 모양이야.”

학생들은 숨을 흡 들이켰다. 희덕도 마찬가지였다. 지리 선생님은 살이 오르지 않은 푹 팬 볼에 언제나 똑같은 쥐색 바지를 입고 다녀 한눈에도 검소한 사람임을 알 수 있었다. 이런저런 지식에 해박하고 항상 학생들 하나하나의 이름을 기억해서 불러 주는 선생님이었다.

“지리 선생님 책상에서 학생들에게 몰래몰래 가르치던 역사 자료가 발견되었대.”

“그게 어때서?”

“민족이란 단어만 눈에 띄어도 먹으로 지워 버리는 놈들인데, 학생들에게 불온한 정보를 배포한다는 죄목이지.”

경애가 분개하며 말했다.

“불온한 정보라니!”

“일본의 신민이 되기에 부적절하다는 거야.”

“이렇게 마음대로 선생님을 데려가는 건 법에 어긋나는

일이야."

"그 따위 법도 일본이 제 입맛에 맞게 만든걸."

경애가 퉁명스럽게 말했다. 어디선가 마음 약한 친구가 흐느끼는 소리가 들렸다. 그 울음소리를 듣자 희덕은 어떤 말도 나오지 않았다. 경애나 아이들도 마찬가지였는지, 뭉쳐 있던 아이들은 각자 자기 자리로 흩어졌다.

교장인 스크랜서와 선교사들은 아이들을 진정시키기 위해 자습실을 돌아다니며 오늘 있었던 일에 대해 설명했다. 학생들은 손을 들어 지리 선생님이 어떻게 되는 것인지 질문했지만, 선교사들의 대답은 아이들이 만족할 만큼 명쾌하진 않았다. 일본인 선생마저 학생들의 눈치를 살폈다.

그러나 정작 기숙사생들을 돌보아야 할 사감인 계월은 저녁 식사 시간에도 얼굴을 비치지 않았다. 자신의 마음을 괴롭히던 계월이 사라지자 희덕은 기분이 이상해졌다.

취침 점호는 선교사 사택에서 지내던 스크랜서 교장이 진행했다. 불을 끄기 전, 인원을 확인하러 들어온 스크랜서에게 희덕이 물었다.

"저어, 사감 선생님은 혹시 어디 가셨나요?"

"일이 있어 잠깐 외출하셨겠지요."

스크랜서는 그리 문제가 되지 않는다는 듯이 답했다.

스크랜서가 기숙사를 떠나자, 잠옷을 입은 학생들이 맨발로 자박자박 복도를 오가는 소리가 들렸다. 희덕도 잠을 쉽게 이룰 수가 없어 침대에서 몸을 뒤척였다. 희덕 역시 학생들이 몰랐던 조선의 이야기를 들려주는 김 선생님의 지리 수업을 제일 좋아했다. 잠을 이루지 못한 희덕은 상체를 일으켰다. 맞은편 침대의 언니들도 잠이 오지 않긴 마찬가지였는지, 간이 등을 켜고 책을 읽거나 뜨개질을 하고 있었다.

희덕은 침대 밑을 더듬어 경애가 전해 준 소포를 꺼냈다. 가로세로가 교과서보다 큰, 빳빳하고 납작한 종이봉투를 찢자 레코드 하나가 나왔다. 겉에는 이젠 익숙하게 알아볼 수 있는 얼굴과 그의 이름이 한자로 적혀 있었다. 레코드를 꺼내자 안에서 작게 접힌 편지도 함께 떨어졌다. 일균의 편지는 단정한 필체로 쓰여 있었다.

희덕에게

지난 만남에서 내 의문을 풀고자 하는 조급함 때문에 너의 하루를 망친 것 같아 부디 속죄를 구하고 싶다. 네 기분이 나아지는 데에 도움이 되었으면 해.

희덕이 레코드를 다시 침대 밑에 넣어 놓으려는 찰나, 동백과 난초가 희덕의 옆구리를 쿡 찔렀다.

"이거 참말로 화란 레코드니?"

"이야, 여기 친필로 서명까지 된 기다."

"이걸 어디서 구했니?"

희덕은 옆 침대의 단이가 깨지 않게 조용히 소란을 떠는 동백과 난초가 선물을 구경하도록 내버려 두었다. 오늘은 이런 물건을 받고 좋아할 만한 기분이 들지 않았다. 동백은 희덕의 표정을 살피더니, 손목을 잡아끌었다.

"희덕아, 너 레코드 들으러 가구 싶디 않니?"

"네? 지금요?"

희덕이 망설이자 난초까지 합세해, 침대 밑에 있던 신발을 꺼내 주었다.

"단이 언니 인나기 전에 퍼뜩 댕기와야겠구만."

"어디로 가는데요?"

언니들 손에 이끌려 계단을 내려와 도착한 곳은, 사감실 문 앞이었다.

"어어! 사감실엔 왜요?"

"사감 선생님한테 전축이 있다 아이가! 오늘 안 계신 것 내가 다 봤제."

그러나 난초의 이야기와는 다르게, 사감실의 미닫이에 손을 대기도 전에 먼저 문이 열렸다.

"취침 시간인데 어딜 돌아다녀?"

평소보다 몇 배는 수척한 얼굴의 계월이었다.

"저어, 레코드를 들으러 왔는데요."

동백이 용감하게도 본론을 꺼내자, 계월은 제지하기도 귀찮다는 듯이 시큰둥한 표정으로 문을 열어 주었다. 그러고는 구석에 있는 의자에 앉아 까만 창밖을 하염없이 내다볼 뿐이었다.

'어디엘 다녀온 걸까?'

희덕은 계월의 핼쑥한 안색이 신경 쓰였다.

언니들이 흑단으로 만든 축음기 상자의 뚜껑을 열어 손잡이를 몇 번 돌리고, 바늘을 레코드에 조심히 올려놓자 곧 음악이 흘러나왔다.

'만약 계월 선생님 때문에 경찰들이 온 게 아니라면…… 왜 지난번에 경찰을 보고 그렇게까지 도망치려고 했던 걸까?'

희덕은 언니들이 음악에 푹 빠져 있는 동안 살금살금 방으로 돌아와 제 책상에 있는 기름등을 켰다. 계월의 수첩을 좀 더 살펴보고 싶어서였다.

"희덕이는 공부를 하니?"

"아이고, 깜짝이야!"

희덕과 동백네가 방을 빠져나간 사이에 단이도 밤중에 변소에 다녀온 모양인지 피곤한 얼굴로 웃었다.

"동백이랑 난초는 어디 갔대니?"

"사감실요. 레코드 들으러요."

희덕은 단이 근처에서 나는 쌉싸름한 냄새에 자기도 모르게 코를 벌름거렸다.

"선생님껜 말하지 않기야."

단이의 소매에 길쭉한 곰방대가 툭 튀어나와 있었다.

"그래, 너라도 공부를 해야지. 동백이랑 난초는 큰일이야. 이 밤중에 잠은 안 자고 노래나 듣다니, 나중에 커서 뭐가 되려는지……."

혀를 차던 단이는 희덕의 등 너머로 책상을 흘끔 보았다.

"희덕이는 에스페란토 말에 관심이 있니?"

"에스…… 네? 뭐요?"

"이건 에스페란토어야. 봐 봐. 여기 꼬부랑 표시가 달렸지만 불란서 글자와는 다른 순서지."

단이는 희덕이 그때까지 알아보지 못했던 글자들을 하나

하나 손가락으로 짚어 가며 읽어 보이기까지 했다.

“에스페란토어는 어느 나라 말인가요?”

“에스페란토어는 파란국의 한 유대인이 만든 언어야. 어느 나라에도 속하지 않은 말이어서, 어디에도 묶여 있지 않은 자유의 말이기도 해.”

희덕이 경탄하는 표정으로 올려다보자 단이는 쑥스러운 듯 웃었다.

“에스페란토 말을 공부할 거면 내가 공책을 줄게. 신문에서 오려 낸 걸 갖고 있거든. 친구가 정리한 건데…….”

“언니는 어찌 그렇게 잘 아시나요?”

단이는 머뭇거리다가 입을 열었다.

“작년까지만 해도 독서회가 있었단다.”

“독서회요?”

“이런저런 책도 읽고, 공부도 하는 모임이야. 주로 일본에서 달가워하지 않는 책을 읽었지.”

“지난 시위에 참여한 언니들이 있던 모임인가요?”

희덕이 눈을 빛내자 단이가 슬쩍 미소를 지어 보였다.

“그래, 지금은 사라졌지만……. 그런 단체를 만들려면 이제 학교에 허락을 받아야 하는 것으로 교칙이 바뀌었어. 그때 모임을 이끌던 친구는 아직도 형무소에 있고.”

"언니는 그럼…… 주말마다 친구에게 다녀왔던 거예요? 시어머니를 만나러 간 게 아니라요?"

단이는 씁쓸하게 웃었다.

"그 애는 독서회를 만들었다는 이유로 자기가 모든 걸 짊어지고 혼자 감옥으로 들어갔어. 때론 며느리 구실을 하는 것보다 더 중요한 것도 있어."

단이는 자신도 모르게 떨리는 목소리를 가다듬었다. 그는 희덕에게 속삭이듯 물었다.

"내가 잘못된 선택을 하는 걸까?"

희덕은 고개를 세차게 저어 보였다. 단이는 소매로 눈가를 훔쳤다.

"참, 그렇지. 희덕이 너한테만 가르쳐 줄 게 있어."

희덕을 이끌고 기숙사 복도로 나선 단이는 창문으로 들어오는 달빛에 의지해 아무도 쓰지 않는 3층으로 올라갔다. 가장 끝 방의 문틀에서 찾은 열쇠로 문을 열자 의자와 소쿠리 몇 개가 굴러다니는 빈 비품실이었다. 단이가 막대기로 벽 귀퉁이를 찌르니 덜컹, 하고 다락으로 가는 문이 열렸다.

"조심해, 깜깜하니까."

아무것도 보이지 않아 엎드린 채로 평평한 바닥을 더듬고 있자, 단이가 구석에서 성냥을 찾아 초에 불을 붙였다. 한동안 아무도 오지 않았는지 잡동사니가 쌓인 다락방 한가운데엔 허리까지 오는 육중한 반닫이가 놓여 있었다.

"독서회를 하면서 모아 둔 책인데, 관심 있으면 가져다 읽도록 해. 들키지 않게 말이야."

쇠를 풀어 뚜껑을 열자, 종이 냄새가 코로 들어왔다.

"언니들이 만들어 준 도서실이네요."

"그런 셈이지."

단이가 큰언니다운 미소를 지었다. 희덕은 품에서 계월의 수첩을 꺼내, 먼지가 쌓인 책들 중 콜론타이의 붉은 책 옆에 잘 끼워 두었다.

진화여고보의 학생들에게 걱정스러운 마음을 추스를 시간은 그리 길게 주어지지 않았다. 스크랜서 교장과 선교사들은 학교 운영비를 지원해 주는 이들을 학생들이 밝고 화사한 낯으로 맞이하길 바랐다. 합창단을 비롯해, 행사에 참여하는 학생들은 희망차고 건강하게 지내는 모습을 보여 주어야 했다. 그러나 환영회 아침이 되자, 희덕은 아무리 따듯한 마음을 가진 사람들이라는 것을 알고 있다 하더라도, 자신을 아래위로 흥미롭게 훑어보는 외국인들에게 긴장하지 않고 미소를 짓는 일이 쉽지 않다는 사실을 깨달았다.

"내 눈에는 서양 사람들이란 다 똑같이 생긴 것 같단 말이지."

경애가 희덕에게 소곤거렸다. 강당에 놓인 긴 의자에는 후원회 사람들이 앉아 서로 가벼운 인사를 나누거나 합창단을 향해 미소를 지었다. 곧 목사님이 연단에 오르고 분위기가 경건해졌다. 손님의 대부분이 영어를 쓰는 사람인 터라 감사 예배는 영어로 진행되었다. 시간이 흐를수록 순서를 기다리던 합창단 아이들은 점점 무료해졌다. 희덕은 이리도 눈이 감기는 이유가 설교란 원래 어느 나라 목사님이 하든 지루하기 때문인지, 아니면 알아듣지 못할 영어 때문인지 알 수가 없었다.

"어? 사감 선생님이 없네."

졸음을 물리치려 눈을 크게 뜨고 주변을 둘러보던 희덕은 계월이 없다는 사실을 깨달았다.

"어제저녁부터 안 보이시던데?"

뒤에 앉은 철진이 말했다.

희덕은 계월의 행방이 걱정스러우면서도 목사님의 기도가 끝없이 이어지자 하품을 참을 수 없었다. 아무도 자신의 하품을 보지 않길 바란 희덕의 생각과는 다르게, 한 후원자와 눈이 마주치고 말았다.

'에구머니!'

희덕은 재빨리 입을 손으로 가렸다. 합창단으로부터 꽤 먼 거리에 앉아 있던 그 남자는, 손을 모으고 눈을 감은 사람들 틈에서 홀로 고개를 꼿꼿이 세우고 있었다. 그는 검소해 보이는 검은 색상의 옷을 입은 신자들 사이에서 줄무늬 양복에 브로치까지 꽂고 있어 희덕의 눈길이 몇 번 머무르던 사람이었다. 깔끔하게 뒤로 빗어 넘긴 까만 머리에 유달리 코와 턱이 날카로운 그 백인 남자는 희덕과 눈이 마주치자 입꼬리를 올려 웃었다.

예배가 끝나고, 합창단은 영어 찬송가 공연을 성공적으로 마쳤다. 멋진 솜씨로 피아노 반주를 해낸 경애가 자리에서 일어나 인사하자 큰 박수를 받았다. 행사는 조선 여성의 성장과 학교의 발전을 기원하는 교장 선생님의 긴 기도로 끝이 났다.

선교사가 후원자들에게 학교 시설을 소개하는 일만이 남아, 아이들은 준비된 다과를 먹으러 식당으로 향했다.

"희덕아, 어디 가니?"

경애가 열댓 명의 합창단원 사이에서 다른 길로 빠져나가려던 희덕을 불러 세웠다.

"나, 못 다 한 숙제가 있어서."

계단에 발을 걸치던 희덕은 어색하게 대답했다.

"숙제? 그럼 나랑 같이 하자."

"아니야! 그게…… 내가 오늘 몸이 안 좋아서 그래."

희덕이 급히 손을 내젓자, 경애는 고개를 갸우뚱했다.

"아…… 그래? 알겠어."

경애는 탐탁지 않은 표정으로 다른 친구들을 따라 식당으로 갔다. 희덕은 한숨을 내쉬었다. 경애에게 거짓말을 하는 것이 썩 내키지는 않았다.

사실 희덕은, 단이가 다락 출입을 허락해 준 이후로 시간이 날 때마다 등잔을 들고 가 기름이 바닥날 때까지 책을 읽는 비밀스러운 취미에 푹 빠져 있었다. 단이에게서 받은 에스페란토어 공책을 보고 계월의 수첩을 팔랑팔랑 넘기며 뜻 모를 이국의 단어를 따라 읽다 보면 어딘가 낭만적인 기분이 들었다. 언젠가 경애에게 이 장소를 가르쳐 주고 싶기도 했지만, 어쩐지 아직은 비밀로 해 두고 싶었다. 그리하여 오늘 오후에도 아무런 방해 없이 홀로 조용히 시간을 보내려 했던 것이다.

그런데 희덕이 3층으로 올라오자마자, 저 복도 맞은편에서 한 남자가 걸어오는 것이 보였다. 기숙사는 금남의 구역이었기에 깜짝 놀라 도망갈까 했지만, 자세히 보니 그는 아까 눈이 마주쳤던 줄무늬 양복을 입은 외국인이었다.

'후원회 사람들은 안덕순 선생님이 학교 구경을 시켜 주고 계실 텐데. 길을 잃어버린 걸까?'

희덕은 못된 의도를 가지고 침입한 사람이 아닌 것을 보고 안심했다. 하지만 남자와 가까워질수록 이상한 기분이 들었다. 발소리가 기묘하도록 조용하기 때문일까? 게다가 그의 얼굴 또한 마치 오래전에 본 적이 있는 듯이 익숙하게 느껴졌다.

'어디서 본 것 같은 느낌은 서양 사람들이 다들 비슷비슷하게 생긴 탓일까?'

희덕은 고개를 갸우뚱했다. 남자의 도자기처럼 매끈한 피부와 주름 하나 없는 입가는 꽤 젊은 나이처럼 보였고, 희덕을 향한 회색 눈동자에는 상냥한 빛이 돌았다. 그는 신사답게 살짝 이를 드러내며 웃었다. 희덕도 끝까지 눈을 마주치며 미소를 잃지 않았다.

다락은 초여름 날씨에도 조금 싸늘했다.

'단이 언니가 올라왔었나?'

어제 분명 열쇠로 잘 잠갔던 반닫이의 뚜껑이 열려 있었다. 희덕은 자신만이 이 장소를 아는 것이 아니니 개의치 않았으나, 왼쪽 아래 구석에 두었던 수첩이 손에 잡히지 않자 한참이나 책 사이를 뒤적거렸다.

"어?"

어제까지만 해도 제자리에 있던 계월의 수첩이 어디에도 없었다. 다락 위의 모든 물건과 물건 사이, 반닫이 밑, 여분의 침구 사이, 깨진 요강 안쪽과, 말린 꽃들이 널린 광주리까지 들추어 가며 샅샅이 찾아보았지만 계월의 까만 가죽 수첩은 그 어느 곳에서도 나오지 않았다. 희덕의 가슴이 철렁 내려앉았다.

"없어졌어요!"

"뭐가?"

손님들을 피해 긴 산책을 마치고 돌아온 계월은 희덕을 보고 눈썹을 찡그렸다. 희덕은 도대체 언제부터 기다린 것인지는 모르겠으나 사감실 문 앞에 쭈그려 앉아 부은 눈을 비비고 있었다.

'학교 사감이라는 것도 도저히 할 만한 일은 아니군. 개인 시간이라곤 하나도 없다니까.'

계월은 그리 생각하며 모자를 벗었다.

"그……."

희덕은 사감실로 들어와서도 뭐가 그리 한탄스러운지 폭

푹 한숨만 내쉬었다.

"뭐가 없어졌다는 거야? 여기에 네 이름이랑, 잃어버린 걸 적어."

계월은 끈으로 묶인 두꺼운 분실물 장부를 꺼내 잉크를 찍은 펜과 함께 희덕에게 넘겨주었다. 펜을 받아 쥔 희덕은 앙다문 입을 하고선 계월을 쳐다보았다.

"왜 그렇게 보니?"

"혹시 가져가셨어요?"

"무엇을?"

외투를 옷걸이에 걸던 계월은 어리둥절해져 희덕을 바라보았다.

"그거 있잖아요. 선생님이 잃어버린……."

희덕은 말끝을 웅얼거리며 다시 고개를 푹 숙였다.

"내가 잃어버린 거?"

계월은 하나뿐인 안락의자에 앉아 희덕을 빤히 바라보았다. 계월의 입이 점점 벌어졌다. 희덕은 도무지 계월의 눈을 똑바로 쳐다볼 수가 없었다.

"너 혹시……!"

계월의 창백한 얼굴이 점점 일그러졌다. 희덕은 침을 꿀꺽 삼켰다.

"아이 참, 그래도 어린아이를 심하게 나무라지 마세요."

비단 치마 위에 진주 단추가 달린 저고리를 입은 화란은 카페 스칼렛에 온 계월과 희덕에게 손수 차를 따라 주었다. 개장하기도 전인 이른 오전에 죽상을 한 희덕의 손을 꽉 붙잡고 문을 두드린 계월을 보고, 화란은 중요한 일이 있구나 직감했다. 화란은 조용히 손님을 대접하는 2층의 방으로 계월과 희덕을 안내했다. 마치 누군가가 죽기라도 한 것 같은 희덕의 표정에 화란은 안타까워 쯧쯧 혀를 찼다. 화란이 보낸 심부름하는 아이를 따라 곧 백송이 도착했다.

"어이구……. 도대체 무슨 일인 거니?"

백송은 희덕을 보자마자 안쓰럽다는 표정을 지었다. 희덕은 백송이 했던 충고가 떠올라 부끄러움을 감출 수 없었다.

"남의 물건을 가져가는 것까진 이해할게. 나중에 마음을 고쳐서 돌려주면 되니까. 그런데 잃어버리기까지 하는 건 뭐니? 그게 어떤 건지 알아?"

소리를 지르거나 화를 내리라는 예상과 달리 계월은 괴로운 듯이 한 마디 한 마디를 천천히 내뱉었다. 희덕은 계월의 착잡한 표정을 보자 사진 속 인물이 정말로 계월일 거라는 짐작이 갔다. 그래서 미안한 마음에 계월의 얼굴을 더 쳐다볼 수가 없었다. 계월에게 중요한 의미를 지닌 소중한 물건이 분명하다는 확신이 들었기 때문이었다.

"그런데 도대체 무얼 찾고 있는 거예요? 희덕이 뭘 가져갔는데요?"

계월과 희덕이 마주 보고 앉아 있는 둥근 테이블 중간에 의자를 끌고 와 앉은 화란이 물었다.

계월이 입을 열었다.

"사실은 내 물건이 아니야."

"네?"

"내가 유럽에서 살다가 조선으로 돌아왔을 때 헤어진 친구의 물건이야."

백송이 한숨을 내쉬었다. 백송과 시선을 주고받은 계월은 그렇게만 말하고는 다시 입을 다물었다.

"혹시 어디에 빠뜨린 건 아니에요? 어디서 잃어버렸는지 알려 주면 찾을 수 있을지도 몰라요."

"갖고 나가진 않았어요. 마지막으로 그 물건을 본 곳이 기숙사에 있는 다락방이었거든요."

"기숙사요? 그럼 계월 선생님은 그때 어디 계셨나요?"

화란은 속마음을 읽는 재주라도 있는지, 희덕이 알고 싶은 질문을 계월에게 물었다.

"학교에 경찰을 부른 녀석을 찾으러 갔어. 불령선인이 있다고 신고를 해, 교무실을 뒤지게 만든 사람 말이야."

"뭐라고요?"

희덕은 생각지 못한 계월의 대답에 깜짝 놀라고 말았다.

"그래서 그 사람을 찾았어요?"

계월이 고개를 끄덕였다

"여기로 불렀으니 곧 누군지 알게 될 거야."

"여기로 불렀다니요?"

"다들 그게 누군지 알아야 해."

얼굴에 당황한 빛이 스친 화란은 창가로 다가가 조심스레 밖을 살피곤 커튼을 내렸다.

"선생님께서 무슨 생각이신지는 모르겠지만, 제 가게에 그리 위험한 사람을 부르는 건……."

그때였다. 누군가 방문을 두드렸다. 희덕은 문을 열고 들어온 사람을 보고 자리에서 튀어 오를 듯이 놀랐다.

"세상에!"

문가에 모습을 드러낸 이는 일균이었다. 여느 때처럼 하얀 셔츠에 잘 다려진 감색 재킷을 입고 들어오던 일균 역시 희덕을 보고 당황했다.

하지만 희덕은 일균이 나타난 것보다 화란과 백송의 반응에 더욱 놀랐다. 화란과 백송에게 가볍게 목례를 한 일균은 마치 오래 알고 지낸 듯 안부를 묻고는 자리에 앉아 테이블에 놓인 주전자에서 물을 따라 벌컥벌컥 마셨다.

"결국 순진한 희덕이한테까지 마수를 뻗쳤군요!"

일균은 손등으로 입을 닦았다. 희덕이 아직도 일균의 등장을 이해하지 못하고 있는 사이에, 화란이 침착한 목소리로 말했다.

"일균, 그게 정말인가? 학교에 경찰을 불렀다고?"

"네, 맞아요. 하지만 진화여고보의 다른 선생님이나 학생들을 위협하기 위해 신고한 게 아니었어요."

일균은 계월을 손가락으로 가리켰다.

"더 이상 저 사기꾼이 신성한 학교에서 근무하는 걸 두고 볼 수만은 없습니다."

"사기꾼이라니!"

팔짱을 끼고 있던 계월이 어이가 없다는 듯 웃었다.

"일균, 저분은 나의 은인이네."

화란이 일균의 앞을 가로막았다.

"자네가 그동안 나를 크게 도와준 것은 사실이지만 이리 독단적으로 활동해서는 안 돼. 저분은 내가 몇 번이고 의심할 만한 사람이 아니라 말하지 않았는가!"

"압니다. 화란, 당신이 저 사람의 몸을 숨겨 줄 곳이 필요하다고 해 제가 진화여고보를 알려 드렸을 때만 해도……."

"네?"

희덕이 자기도 모르게 소리를 지르고는 손으로 입을 막았다.

"일균 오라버니가 선생님을 우리 학교에 소개시켜 줬다고요?"

일균은 희덕에게 미안한 표정을 지었다.

"사감 자리에 공백이 생기리란 얘기를 경애에게 미리 들어 알고 있었거든."

"내가 설명하지 않았는가. 일균 자네도 이해를 했을 텐데?"

"이 사람은…… 우리처럼 조선인들을 위해 일하고 싸우는 사람이 아니라, 단순한 사기꾼에 불과합니다."

백송이 일균을 가만히 바라보았다.

"이 사람이 학교의 일은 제대로 하지도 않고, 불성실한 데다가 흡혈마라는 의혹까지 듣게 됐어요. 저도 화란이 설명해 주었듯 계월이 아주 중요한 사람이고, 우리 조직이 최선을 다해 도와야 한다는 말을 믿고 싶지만…… 더 이상 가만히 있을 수가 없더군요. 이자는 구미호나 도깨비 이야기처럼 허황된 환상을 퍼뜨려 화란을 이용하고 있는 거예요."

계월은 자리에 앉아서 아무런 대꾸도 하지 않았다. 화란이 대신 대답했다.

"일균, 우리가 알고 지낸 지 세 해가 넘어가네. 총명한 자네는 백송과 내가 둘이서 하는 것보다도 큰 역할을 해내 주었고 덕분에 많은 사람들이 모였어. 하지만 이 사람, 계월은 믿을 만한 분이라고 내가 몇 번이나 말하지 않았는가? 내 말을 믿지 않는 것인가?"

"믿지 않는 건 아닙니다. 하지만 이자가 어디서 왔는지, 무얼 하다 온 사람인지는 말씀해 주지 않으셨잖아요. 그건 당신도 이 사람에 대해 확신이 없기 때문이 아닌가요? 당신은 마음이 너무 여립니다."

일균의 얼굴이 붉어졌다.

"그리고 아량이 너무 넓어서 탈입니다. 저는 화란이 남에게 이용당하지 않았으면 좋겠어요. 그게 제가 가장 바라는 일일 겁니다."

일균은 격해진 감정을 가다듬고는 이것이 마지막이라는 듯 화란에게 물었다.

"설마 당신도 흡혈마니 무엇이니 하는 괴이쩍은 이야기를 믿는 것은 아니겠지요?"

"그건……."

"됐어."

가라앉은 목소리로 화란의 말을 막은 계월이 주전자 옆의 접시에 놓여 있던 과도를 집어 들었다.

"무슨 짓입니까!"

일균은 계월이 칼을 들자 서둘러 화란의 앞을 막아섰다. 계월은 일균에게 다가가지 않고 제 팔을 걷어붙였다. 어쩌지도 못하고 얼어붙어 보고만 있는 희덕의 눈을 백송의 거친 손바닥이 가려 주었다. 그 누구도 계월의 행동을 말릴 용기를 내지 못한 찰나, 그는 제 맨살에 칼날을 대고 그대로 그었다. 끔찍한 광경에 백송마저 숨을 들이켰다.

그러나 계월은 어떠한 아픔도 느껴지지 않는 듯한 표정으로 피 한 방울 맺히지 않은 상처를 일균의 눈앞에 들이댔다. 일균은 계월의 벌어진 맨살이 순식간에 붙어 가는 과정을 보고는 얼굴이 더 창백해졌다. 상처는 회복되어, 이내 칼날을 긋기 전의 맨살로 돌아왔다.

"내가 사기꾼이라면 차라리 나았을 거야."

계월은 테이블 위에 칼을 내려놓았다. 일균은 공포에 찬 시선으로 계월을 이리저리 뜯어보고, 칼을 살피더니 결국 바닥에 털썩 주저앉고 말았다.

"그래도 용기가 있네. 보통 이런 걸 보여 주면 도망가고 말거든."

희덕은 핏기가 가신 얼굴로 계월과 일균을 번갈아 바라보았다.

"내가 볼 땐, 이 년 전에 날 일본에 팔아넘긴 것도 이 녀석이야."

계월이 몰아붙이자 화란이 그를 안심시켰다.

"아니에요. 그땐 일균이 저와 알고 지내긴 했지만, 계월의 존재는 알지 못했어요."

"그 전에, 물건부터 되찾아야 하지 않겠소."

"그 말이 맞아."

고개를 끄덕인 계월은 희덕을 쏘아보았다. 희덕은 그 누구도 자신을 화난 계월로부터 지켜 줄 수 없다는 것을 알았다. 용기를 내 일어서서, 떨리는 목소리로 말문을 열었다.

"오늘 외부에서 사람들이 오는 환영회가 있었어요. 선교사 선생님이 그분들께 학교를 구경시켜 주었지요. 그런데, 그중에 기숙사까지 들어온 어떤 남자와 마주쳤어요. 저는 그 사람이 길을 잃어버렸다고 생각했는데……. 까만 머리를 이렇게 뒤로 넘기고, 넥타이에 보석이 달려 있었고, 코가 크고, 눈썹이 짙은 외국인이었어요."

“환영회에 온 외국인이 수첩과 무슨 상관이야? 말 돌리지 마.”

계월이 쏘아붙였다.

“그 사람을 3층에서 마주친 후에 수첩이 사라졌어요. 분명 다락에 잘 숨겨 두었는데, 걸쇠까지 열려 있었다고요.”

희덕은 떨리는 목소리를 눌러 참으며 설명했다.

“까만 머리에, 화려한 장신구……. 혹시 더 눈에 띄는 점은 없었니?”

“귀가 뾰족했어요. 선생님처럼 말이에요.”

희덕이 덧붙이자 계월은 뒤로 물러서 창가를 서성거렸다.

“아는 사람이에요?”

희덕이 조심스레 묻자 한동안 테이블 주위를 빙빙 돌던 계월은 결심한 듯 자리에 멈추어 말했다.

“백작이야.”

“그건 아니야.”

계월의 수수께끼 같은 말에 대꾸를 한 사람은 백송이었다. 그는 깊이 주름진 얼굴을 거세게 저었다.

“그럴 리가 없지. 그런 소리 하지 마.”

“그 물건을 찾으러 올 사람은 백작밖에 없어. 원래 그의 수첩이니까.”

"그러면 왜 그가 제 물건만 챙기고 자넬 찾아오지 않았겠나?"

곰곰이 생각하던 계월이 백송의 말에 대답했다.

"날 부르는 거야. 내가 그를 떠난 이후로 아무런 연락을 하지 못했으니……."

계월의 눈이 붉은빛으로 타올랐다. 일균은 그 모습을 보고 다시 몸을 떨었다. 희덕이 물었다.

"백작요? 그게 누군데요?"

"내가 불란서에서 함께 지냈던 사람이야. 유럽, 아니 이 땅에서 살아남는 법을 가르쳐 준 친구."

희덕은 아리송한 대답에 고개를 갸우뚱했다. 그러자 계월은 상처가 아문 팔을 내밀며 씩 웃었다.

"그리고 나를 흡혈마로 만든 자이지."

수정과 장미

손님으로 세 사람을 태운 까만 포드 택시는 부릉거리며 언덕을 올랐다. 택시를 잡아탈 수 있는 사람답게, 앞 좌석에 앉은 청년은 모르는 이가 보기에도 좋은 정장을 입고 창틀에 팔을 걸쳐 말없이 창 너머 행인을 내다보았다. 뒷좌석에 앉은 손님 또한 소매 끝을 부풀린 까맣고 단정한 드레스를 입고 짧은 곱슬머리에 모자를 써, 요새 '모던 걸'이라 불릴 만한 차림이었다. 그리고 그 여성 옆의 조선 옷을 입은 아이는 옷고름을 만지작거리며, 방석을 쓰다듬거나 창문 밖으로 자꾸 얼굴을 내밀어 신기한 듯 여름 저녁의 바람을 쐬었다.

"그 사람이 뭘 하는 사람인지는 몰라도."

앞 좌석에 앉아 있던 일균이 말했다.

"백작이란 작위까지 얻을 정도면 이 파티에는 꼭 참석할 겁니다. 저희 아버지도 가는 파티니까요. 아버지는 돈 냄새 나는 외국인들이 모이는 곳에만 가거든요."

"그런 말을 들으니 내가 찾는 자가 있으리라는 확신이 드는걸!"

계월이 날카롭게 말했다.

"어차피 백작이 이 조선 땅에 와 있는 거라면, 그게 언제든 만나게 되어 있어."

일균은 무슨 말을 덧붙이려다가 그만두었다. 계월은 그를 흘긋 보고는 밖으로 눈을 돌렸다. 바깥으로 지나가는 사람들을 지켜보면서도 백송이 화란의 가게에서 했던 말을 떠올리고 있었다.

"그 사람을 꼭 찾아가야겠나?"

백송의 하얀 눈이 계월을 향해 있었다. 계월은 이번에도 어김없이 제 속마음을 백송이 꿰뚫어 보았다는 생각이 들었다. 그러나 계월이 아무리 자신과 백작의 관계를 설명해 주어도 백송은 탐탁하게 여기지 않았다.

"난 기억력은 좋지 않지만, 자네가 백작과 헤어지길 원했던 이유를 아직도 잊지 않고 있네."

계월은 한숨을 쉬는 백송의 손을 어루만졌다.

"그건 나도 마찬가지야. 걱정할 필요 없다니까."

불안에 찬 눈으로 계월을 바라보며 한동안 말없이 고개를 끄덕이던 백송은, 계월이 이제 그가 아무 대답도 하지 않으리라 예상할 때쯤 다시 입을 열었다.

"하지만 그를 간절히 만나고 싶어 한다면 어쩔 수 없겠지. 이것도 다 필요한 과정인 것을……."

백송은 언제나 감이 좋았고, 지금껏 계월은 백송의 직감과 바른 의지를 신뢰해 왔다.

'하지만 백작만큼은 내가 잘 알아.'

계월은 그렇게 생각했다. 그리고 자신을 가장 잘 아는 사람도 분명 백작이리라. 그는 강화도에 사는 혼기 찬 여자였을 뿐인 자신에게 많은 것을 가르쳐 주고, 많은 것을 포기하게 하고, 그만큼 많은 것을 얻게 만들어 준 사람이니까.

"그런 위험한 사람을 만나러 가는 자리에 희덕을 데리고 가도 되는 건가요?"

일균이 차창 밖으로 지나가는 풍경을 보며 생각에 잠겨 있던 계월에게 물었다.

"저는 괜찮아요."

희덕이 계월 대신 대답했다.

"백송이 나 혼자는 절대 못 보낸다니 별수 있나. 당신과 단둘이 가는 것은 싫고 말이야."

"만약 그를 만나게 된다면 무엇을 할 생각이지요?"

일균이 다시 물었다.

"글쎄, 우선 나를 쫓는 이들을 따돌릴 만한 곳을 알려 달라고 해야지. 그를 만나면 화란이나 백송의 신세를 지며 만주로 갈 필요도 없어. 그는 나보다 더 강한 힘을 가지고 있으니까."

"그렇군요."

일균은 이마 위로 흩날리는 머리카락을 정리했다.

"전 사실 아직도 당신을 완전히 믿진 않아요. 여전히 위험하다고 생각합니다."

그래, 사람 한번 참 잘 보네. 계월이 툴툴거렸지만 일균은 말을 이었다.

"그 백작이라는 자를 만나 부디 경성에서 안전하게 떠나주길 바랄 뿐입니다."

흙길 위를 지나느라 때때로 덜컹거리던 자동차는 차츰 매끄러운 포장길로 들어섰다. 희덕은 점점 자신에게로 다가오는 커다란 서양식 건물을 바라보았다.

그 광경을 좋아하든 좋아하지 않든 간에, 벽수산장의 거대한 존재감은 경성 사대문 안으로 들어와 서쪽을 바라본 사람이라면 누구나 인정할 수밖에 없었다. 희덕도 학교에 입학한 첫날, 경성을 거만하게 내려다보는 듯한 저 서양식 건물이 도대체 뭐 하는 집인지 언니들에게 물어본 적이 있었다. 조선 가옥을 열 채는 합쳐 놓은 듯한 크기에, 인왕산 능선을 배경으로 독국식인지 불란서식인지 하는 뾰족지붕 아래로 보이는 빨간 벽돌과 하얀 석조 난간은 눈을 홀리기에 충분했다. 그에 비하면 초가집들은 고개를 수그리고 있는 듯 보였다. 그러나 경성에서 제일가는 위용과 한양의 아방궁이라 불리는 화려한 명성에도 불구하고, 어떤 이들은 건물을 보면서 가슴을 치며 울었고, 조선 사람이라면 한번쯤 혀를 차며 지나가곤 했다.

"저기가 원래는 친일로 유명한 윤덕영 자작의 집이거든. 순정효황후가 숨긴 옥새를 억지로 빼앗아 조선과 일본의 합방 조약에 도장을 찍게 했지. 왕가의 돈을 빼돌려서 만육천 평이나 되는 땅에 건물을 세우긴 세웠는데, 자기가 살진 않아."

까만 택시는 털털거리며 이제 막 대문을 지난 터였다. 이어지는 도로 양측에는 벚나무가 줄줄이 심어져 있었고, 현관까지 가는 데에도 한참이 걸렸다.

"왜요?"

"사람들이 가만히 놔두겠어? 목숨이 위험할걸."

일균은 고개를 돌려 희덕에게 손짓을 하며 설명해 주었다.

"지금은 중국 흥만자회가 여기를 쓰고 있고, 가끔 이렇게 외국인들이 모이는 장소로 빌려주기도 한다는구나. 뒤에는 연못이고, 그 너머엔 한옥이 있어."

후사경에 비친 계월의 얼굴은 건물이 가까워질수록 초초한 기색을 띠었다.

"그런 걸 보면 조선인이긴 조선인인가 봐요. 온돌도 없는 집에서 어떻게 잠을 자겠어요?"

창밖으로 고개를 내밀어 저택을 올려다보던 희덕이 겨우 눈을 떼고 말했다. 택시는 정원으로 진입해 주차할 공간을 이리저리 찾았다. 희덕이 지금껏 살면서 본 자동차를 다 합친 것보다 더 많은 수가 주차되어 있었다. 택시는 커다란 헤드라이트가 달린 까만 차들과 인력거 사이에 솜씨 좋게 섰다. 일균은 납작한 모자를 쓴 운전수에게 지폐 몇 장을 건네고, 희덕의 손을 잡아 주었다.

"난 자동차가 싫어."

계월은 금방이라도 토할 것 같은 표정이었다.

차에서 내린 희덕은 잠시 서서 나무가 심어진 정원 안을 둘러보았다. 희덕은 마음이 들뜨는 것도 같았다. 남의 물건을 멋대로 잃어버리는 잘못을 저지른 죄책감은 아직 사라지지 않았지만, 이런 장소라면 학교에 외출계를 내고 한번쯤 와 볼 만하다는 생각이 들었다. 또한 백송에게 나름대로 당부받은 일이 있었다.

"계월을 잘 지켜보아야 해. 너처럼 착하고 용감한 아이는 흔치 않아. 하늘이 도우실 거다."

희덕은 그렇게까지 조심해야 할 필요가 있을지 알 수 없었지만, 백송은 손바닥을 비비며 짧게 기도를 올려 주었다.

일균은 끝까지 희덕의 안전을 걱정하며 함께 가자 실랑이를 하더니 결국 아버지를 찾으러 가지 않을 수 없어 이내 자리를 떴다. 계월은 혹 하나를 뗀 듯이 시원한 표정을 지었다.

"자, 이제 가 볼까. 넌 뒤만 따라와."

계월이 씩씩하게 현관으로 향했다. 금발을 높이 틀어 올린 여성이 서투른 일본어로 말을 걸었다.

"일본인이신가요? 이 저택을 잘 아시나요?"

계월은 두 질문에 고개를 저었다.

"조선인이군요. 좋으시겠어요. 일본이 이렇게 발전을 시켜 주니 말이에요."

계월이 아무 대답이 없자 여자는 희덕의 경악한 표정을 흘끗 보고는 가 버렸다. 기분이 가라앉은 희덕에 비해 계월은 외국인이 무어라 하든 개의치 않는 것 같았다. 계월은 낯선 이들 틈에서 혼란스러워 제 손발을 어디에 둬야 하는지 모르겠는 희덕의 어깨를 잡았다.

"일단 백작이 와 있는지 찾아봐야겠어. 조심해야 해. 절대 내 뒤에서 떨어져선 안 돼!"

희덕은 시종처럼 계월의 뒤꽁무니만 보며 걸었다. 그때였다. 현관 앞에서 사람들이 들어가는 것을 지켜보던 양복 차림의 남자가 희덕을 가로막았다.

"못 들어가."

남자의 조선말은 중국어 억양이 강했다. 그는 검지로 마치 희덕이 입은 옷이 문제가 된다는 듯 가리켰다.

"네? 하지만……."

이미 계월은 안으로 들어가고 난 후였다. 희덕은 멀어지는 계월의 등에 대고 애타게 이름을 불렀지만 희덕의 목소리는 우르르 들어가는 사람들의 양복과 드레스 사이에 파묻혔다. 희덕은 자존심을 내려놓고 계월을 가리키며 남자에게 외쳤다.

"전 마님을 따라왔어요. 마님과 같이 들어가야 해요."

하지만 중국인은 희덕의 작은 어깨를 무자비하게 끌고 계단 아래로 내려왔다. 옷을 잘 차려 입은 나이 든 외국인이 딱한 눈으로 희덕을 바라보고 지나갔다.

"선생님!"

이제 계월의 뒷모습조차 밖에서는 보이지 않았다. 주변을 둘러본 희덕은 여기 모인 수많은 손님 중에 조선 옷을 입은 사람은 단 한 명도 없다는 사실을 깨달았다.

희덕보다 서너 살 많을 듯한 인력거꾼이 희덕을 보며 킬킬대고 웃었다.

"뭘 그리 웃습니까?"

희덕이 따지자 인력거꾼이 놀란 표정을 지었다.

"성격 한번 알아주는구먼."

인력거꾼은 말했다.

"훑어보니 제일 좋은 옷을 챙겨 입고 온 시골 처녀구먼. 아무리 좋은 조선 옷을 입었다 해도 저기엔 못 들어가."

"하지만 저와 함께 온 분은 들어갔는걸요."

"그야 그렇겠지."

"정말이에요!"

"그렇게 들어가고 싶으면 뒷문이 있어."

"뒷문이 어딘데요?"

"그런데 넌 뒷문으로도 못 들어가."

희덕은 맥이 탁 풀렸다.

"그럼 도대체 문을 왜 만들어 놓는 겁니까, 이 집에."

"그야 내가 아나. 지은 사람이 알겠지."

인력거꾼은 어깨를 으쓱였다.

"하지만 창문은 열려 있어."

"창문요?"

"오늘은 선선하고, 이런 날씨엔 지하실을 환기시키기 딱이니까 말이야."

인력거꾼은 손으로 산장의 오른쪽을 가리켰다. 거기에 지하로 내려가는 계단이 수풀로 가려져 있었다. 모두들 정문에 신경이 쏠려 있어 계단 근처에는 아무도 없었다.

"뒤로 갈 필요까지두 읎어. 뒤쪽으로는 오히려 기와집이라 사람이 많으니까."

"알겠어요."

"그리고 창문은 옆으로 여는 게 아니라, 위로 열려."

"그 정도는 나도 알아요. 하지만 감사해요."

계단 쪽으로 달려가던 희덕은 걸음을 돌려 주머니를 뒤졌다. 동전 몇 닢을 내밀자 인력거꾼은 담배를 쭉 빨았다.

"어디 벼룩에 간을 빼먹나, 내가. 내일 조간신문에만 나오지 말어."

희덕은 고개를 끄덕였다.

지하실로 통하는 창은 희덕이 제 키만 한 수풀 사이를 비집고 들어가야 했지만 다행히 잠겨 있진 않았다. 희덕은 주변에 아무도 없는 것을 확인하고 몸을 푹 숙여 머리를 먼저 집어넣었다. 창 사이로 비쳐 드는 초저녁 달빛에 바닥을 확인하고는 그대로 뛰어내리자 쿵 소리가 벽에 반사되어 크게 울렸다.

'에구머니!'

발바닥을 문지른 희덕은 쫓겨나는 불상사를 피하기 위해 1층으로 향해 열린 문틈을 빼꼼 내다보았다. 부엌 집기와 접시가 쉴 새 없이 달그락거리는 소리 사이로 간간이 누군가가 무어라 외쳤다. 평퍼짐한 암녹색 조선 치마가 앞으로 휙 지나가자, 희덕은 그제야 문밖으로 나설 용기가 났다.

'도와달라고 할 수 있을지도 몰라!'

1층은 누가 방금 지하에서 올라왔는지 발견하지도 못할 정도로 바쁘게 돌아가는 부엌이었다. 서양식 화로에서 불기운이 훅 끼쳐 희덕은 뜨거워진 팔을 문질렀다. 열댓 명의 사람들이 교실 크기의 부엌에 모여 저택에 초대된 모든 사람들을 배불리 먹일 만한 음식을 만들고 있었다. 음식이 얼룩덜룩 묻은 앞치마를 두른 배불뚝이 백인 요리사가 백인 조수들뿐만 아니라 허드렛일을 하는 조선인과 중국인까지 손짓 발짓으로 통솔하고 있었다. 희덕은 아까 본 녹색 치마의 주인을 찾으려 주변을 두리번거렸다.

"아얏!"

요리사와 부딪친 희덕 앞에 색 바랜 녹색 치마를 입은 아주머니가 나타나 그가 무어라 소리치기 전에 희덕을 낚아채 데려갔다.

"아이고, 일을 하러 왔으면 저기선 얼쩡거리지 말아야지. 눈앞에 나서 봤자 좋을 거 하나 없단 거 알잖아!"

희덕이 무어라 대답하기도 전에 종업원 복장을 입은 제 또래의 일본인 여자아이가 테이블을 탕탕 내리치며 내갈 음식을 요구했다. 비스킷 위에 발갛고 작은 과일을 올린 접시가 연달아 세 개나 나왔다. 요릿집에서 온 다과를 들고 배달원들이 들락거렸고, 제복을 입고 음식을 나르는 일본인 종업원들이 급하게 돌아다니고 있었다.

아주머니는 정신이 하나도 없는 희덕을 부엌 밖 뒤뜰로 끌고 갔다. 뒤뜰에는 엎어 놓은 양동이에 걸터앉은 조선 여성 두 명이 허리를 굽힌 채 감자와 당근을 다듬고 있었다.

"저어, 죄송한데 저는 여기 일을 하러 온 게 아니에요."

"그럼 뭘 하러 온 거냐? 설마 좀도둑질을 하러 온 건 아니겠지? 여기서 걸렸다간 크게 혼이 난다."

"그게 아니라, 제……."

희덕은 좋은 단어를 골랐다.

"제 친구가 위층에서 절 기다리고 있어요."

"뭐라고? 친구?"

아주머니는 고개를 절레절레 저었다.

"허이구, 여기 사람들이랑 친구가 되시겠다? 도대체 요즘 어린애들은 무슨 망상에 젖어 사는지 몰라."

아주머니들은 걸걸하게 웃었다.

"무슨 대우를 받으려고 위층에 가고 싶어 하는 건진 모르겠지만, 여기 부엌에서 일을 하면 일당을 꽤나 쏠쏠하게 준단다."

"그런 걸 바라는 게 아니에요."

희덕은 입을 열었다.

"친구가 위험할지도 몰라요!"

"에구, 그걸 어쩌나."

아주머니는 여전히 희덕의 말을 믿지 않는 눈치였지만 대꾸해 주었다.

"여기에서는 너처럼 허름한 옷을 입고 온 사람을 보면 바로 쫓아내. 별로 보기가 좋지 않거든."

희덕의 실망한 표정에 아주머니들은 껄껄 웃었다.

"아니, 그래도 급사 옷을 입으면 혹시 또 모르지."

"하긴 그래. 이 궁궐만 한 저택에 일하는 사람이 몇인데."

"종업원 옷이 부엌 옆 비품 창고에 걸려 있긴 하지만, 몰래 손을 댔다간 아주 큰일 난다, 얘!"

아주머니는 계단 옆 창고를 가리켰다.

"아암, 옷이야 분명 남는 게 있겠지만, 몰래 훔쳐 입으면 큰일 나지."

아주머니는 희덕에게 눈짓을 했다. 희덕은 몇 번이나 고개를 숙여 인사했다.

"정말 감사해요."

희덕은 비품 창고를 뒤져 여분의 옷을 찾아냈다. 무릎까지 오는 까만 치마에 흰 칼라가 달린 낡은 원피스는 조금 컸지만, 흰 앞치마를 허리에 두르고, 긴 댕기 머리도 돌돌 말아 하얀 모자 안에 잘 쑤셔 넣자, 아까 부엌에서 본 종업원과 대단히 비슷해 보였다. 꼭 다시 찾아오리라 생각하며 입고 온 옷을 얌전히 벗어 둔 희덕은 밖으로 향했다. 부엌을 거쳐도 저지하는 사람이 없다는 것을 깨달은 희덕은 속으로 기빼하며 홀로 달려갔다. 그때였다.

"어이!"

까만 제복을 입은 일본인이 화난 얼굴로 희덕의 어깨를 붙잡았다.

계월은 뒤를 돌아보았다. 방금까지 댕기를 달랑거리며 뒤꽁무니를 따라오던 아이가 보이지 않았다. 계월은 고약한 향수 냄새를 풍기는 사람들 틈에서 검은색 조선 치마를 입은 아이를 찾아보려 애썼다.

'바보 같으니라고.'

까만 마호가니로 만든 현관 사이로 잘 차려입은 사람들이 삼삼오오 들어오는 것을 한참 동안이나 지켜본 계월은 결국 참을성이 바닥나고 말았다.

차에서 막 내렸을 때보다 속이 더 뒤틀렸다. 대리석 조각상과 중국에서 가져온 도자기가 양옆으로 진열된 입구를 지나 샹들리에가 달린 홀로 들어갔다. 현악기를 켜는 악단이 비로드 커튼 앞에서 사람들의 호응을 받고 있었다. 높은 천장 때문인지 모든 소리가 울려 귓가에서 웅웅댔다.

'그래, 차라리 그 애가 내 곁에 없는 게 나을 수도 있어.'

계월은 그렇게 생각하기로 마음먹었다. 자신과 함께 백작을 찾다 위험에 빠지느니 일균과 만나 안전하게 돌아가기를 바랐다. 이 거대하고 화려한 저택에서는 어딘가 숨 막히는 음울한 기운이 느껴졌다.

'정말이지, 백작이 좋아할 만한 장소긴 해.'

계월은 백작이 이곳에 반드시 방문하리라는 강한 확신이 들었다.

비교적 조용한 2층으로 올라가려 하자 제복을 입은 경비원이 정중하게 그의 앞을 가로막았다. 최면을 걸어 간단하게 장애물을 쓰러뜨린 계월은 점점 가슴이 뛰기 시작하는 것을 느꼈다.

정장과 군복을 입은 남성의 무리가 2층 맨 끝 방으로 들어가고 있었다. 계월은 그 사이에서 독특한 남색 군복을 입은 사람을 알아보았다. 포마드로 단정하게 넘긴 머리가 남들보다 높이 우뚝 솟아 있었다.

뾰족한 귀와 송곳니, 창백한 피부와 형형한 눈빛은 여전했다. 계월이 조선에 돌아온 이후로 기억을 찾기 위해 수백 번이나 들여다보았던 흐릿한 흑백 사진 속의 그 얼굴이었다.

이윽고 하인에 의해 문이 닫혔다. 계월이 소리라도 훔쳐 들으려 불 꺼진 옆방으로 들어가자 그곳에는 안락의자와 책장 뒤로 이웃한 방과 연결된 발코니가 있었다. 계월은 격자무늬 창문을 통해 안을 들여다보았다.

깨끗한 천이 덮인 기다란 식탁 위로 곧 화려한 음식이 올라왔고 사람들은 술이 담긴 잔을 높이 들었다.

“일본 제국 만세!”

거기 모인 사람들은 각국에서 온 사업가인 듯, 누군가가 말을 하면 통역사가 그들의 귀에 대고 무어라 전해 주는 식으로 대화가 진행되었다. 번거로운 작업이었으나 다들 한마음 한뜻의 목적이 있었기에 큰 방해가 되지는 않았다.

“일본은 점점 강대국이 될 겁니다.”

“그러려면 전쟁을 해야 합니다! 전쟁이야말로 우리 같은 사업가가 자산을 불릴 수 있는 지름길이니까요.”

“벌써 함경도에 광산을 사 두었습니다.”

“그렇군요! 아주 잘하셨습니다.”

“축하합니다. 요즘엔 역시 식민 사업만큼 돈이 되는 게 없지요.”

“이게 다 좋은 선례가 있어서 그렇지 않습니까. 불란서나 영국 말입니다.”

“앞으로는 혁명으로 계급이 사라진다 하더라도 돈이 계급을 만들어 줄 겁니다. 돈과 전쟁이 있는 이상, 우리가 빈민들과 같은 공간을 쓸 일은 꿈에도 없을 겁니다."

군복을 입은 남자가 일어나 자신을 마르셀 백작이라 소개하자 그에게 사람들의 시선이 모였다. 백작은 통역을 대동한 다른 사람들과는 달리 일본어와 불란서어를 유창하게 오갔다. 가끔은 영국과 미국 국적의 사업가에게 영어로 농담을 던지며 복잡한 사업 이야기를 하기도 했다. 하지만 사람들이 선망의 시선을 던지는 것은 그 때문만은 아니었다.

"전쟁이야말로 우리가 이 세상을 평화롭게 만들 수단입니다."

그는 좌중을 휘어잡는 카리스마가 있었다. 중년의 남자들이 그 목소리에 홀려 백작을 바라보았다. 몇백 년이나 살아온 흡혈귀는 존재만으로도 마력을 과시했다. 수려한 외모의 백작이, 자신이 몸담았던 나폴레옹 기병대의 군복을 걸치고 한껏 뽐내면 상대로부터 어떤 긴장감이나 경외감을 불러일으켰다. 백작은 어느 장소에서도 그 무리 중에서 가장 기품 있는 사람으로 보였다. 그는 얼마든지 평범한 인간들이 자신을 우러러보게 할 수 있었으며, 사람들이 내면에 갖고 있는 욕망을 꿰뚫어 볼 줄도 알았다. 그리고 백작은 그 욕망을 얼마든지 충족시켜 줄 수 있다는 기대감을 갖게 했다. 그는 자신을 추앙하는 사람들에게 둘러싸이는 것을 즐겼다. 하지만 백작이 가장 열광하는 것은 누군가가 자신에게 보이는 존경심보다는, 사람들의 절망과 고통스러운 비명이었다.

기도, 꿈, 탄식

1866년 병인년, 겨울의 강화도엔 그 어느 때보다 매서운 북서풍이 불었다.

그해 가을에 불란서 함대가 들어와, 군인들의 소총이 무고한 사람들에게 불을 뿜어 댔을 뿐만 아니라 외규장각을 부수고 왕가의 서책까지 침탈했다는 소식이 들리자 사람들은 입을 모아 말했다. 세상이 망하려나 봐. 천주학 믿는 사람들을 마음대로 죽인 대원군과, 미지의 땅에 탐욕을 부린 불란서 군대의 싸움에 부서지는 것은 결국 평범한 사람들의 터전이었다.

그 여파는 강화도 산골 마을에서 제일가는 부잣집인 대감댁의 열아홉 살 난 아씨에게도 미쳤다. 인심 좋기로 소문난 대감은 곳간을 열어 집과 양식을 잃은 사람들을 받아들였으나 아무리 부유한 집안이라도 역부족이었다.

대감은 딸에게 말했다. 이대로라면 집안이 기울게 생겼다. 저 강 건너 참판 댁에 나이 찬 아들이 있다니, 너라도 출가외인이 되어 집안 살림을 아끼는 데 보탬이 되어야지. 아버지의 말만 듣고 자라 누군가를 거역해 본 적 없는 아씨는 고개를 끄덕일 수밖에 없었다.

고된 겨울, 마을이 불타 갈 곳을 잃은 많은 사람들이 산속에서 굶주렸다. 봄이 오면 혼인을 하게 될 아씨는 눈이 덮여 목화 신발이 푹푹 빠지는 산길을 다니며, 굴뚝에서 연기가 피어오르지 않는 집집마다 문을 두드렸다. 겨울을 날 솜옷과 뿌리 작물을 가져다주며 사람들을 살폈다. 아씨, 어찌 이런 험한 일을 하십니까. 저희에게 맡기시지요. 하인이 주인마님의 눈치를 보며 간청했다. 그러나 아씨는 대답했다. 이런 구실이 아니면 언제 눈 덮인 산을 자유로이 거닐어 보겠는가?

그러던 중, 아직 눈이 녹지 않은 산을 내려오던 아씨의 목화 신에 묵직한 것이 채였다. 에구머니, 분명 얼어 죽은 사람인가 보아. 장례라도 치러 주어야지. 하인의 만류에도 아씨는 혀를 끌끌 차며 덮인 눈을 치워 냈다. 몸에 붙는 푸른색 옷을 입은 등을 뒤집자, 검은 머리에 눈썹이 짙고 코가 큰, 비쩍 마른 남자의 얼굴이 드러났다. 아씨는 놀라 뒤로 물러섰다. 남자는 숨을 쉬고 있었다. 아씨, 내려갑시다. 양놈이 마을에 또 불이라도 지르면 어찌합니까. 아씨는 고개를 저었다.

그때 군인들이 전부 커다란 배를 타고 강화도를 떠나는 걸 보지 못했느냐. 낙오된 병사를 살려 주었다고 해코지를 하지는 않을 것이다. 함께 있던 하인이 걱정스럽게 말했다. 대감마님이 가만히 있지 않으실 겁니다. 아씨는 호통을 쳤다. 인간된 도리를 하는 것마저 아버지의 허락을 받아야 한단 말이냐?

하인의 등에 업혀 내려온 그 남자는, 이불을 깐 별채에 눕히고 아궁이에 불을 때 주자 곧 정신을 차렸다. 그의 얼굴을 들여다보던 아씨의 눈이 회색 눈동자와 마주쳤다. 그는 무어라 알아듣지 못할 말을 몇 마디 외치고선, 몸이 아직 제 기능을 하지 못하는지 푹 고꾸라지고 말았다.

다행히도 안채 뒤의 별채 방 한 칸에 도깨비같이 생긴 서양인이 머무르고 있다는 기묘한 소문은 퍼져 나가지 않았다. 오히려 대감마님은 외동딸이 마을을 돌아다니지 않고 집에만 틀어박혀 있기 시작하자 드디어 정신을 차렸다며 기빼하였다.

병사는 과일이나 곡류는 입에 대지도 않고, 오로지 소 내장과 같은 핏기 어린 동물의 살만을 찾았다. 바다 건너에서 온 사람이라 식성이 특이한가 봐. 아씨는 긴 겨울 내내 더 이상 밖으로 나다니지 않고, 병사가 기운을 차리도록 보살폈다. 조선말을 알아듣지 못하는 코가 오뚝한 남자에게 종종 자신의 이야기를 늘어놓기도 했다. 별다른 불평도 요구도 없는 회색 눈의 남자는, 아씨가 털어놓는 이야기의 말동무가 되었다. 조선인처럼 검은 병사의 머리카락과 때때로 붉게 변하는 회색 눈동자가 아씨에게 점점 친근하게 다가왔다. 아씨와 눈을 맞추고 알아듣는다는 듯 고개를 끄덕이던 그는 어느 날 조선말을 배우고 싶다는 뜻을 비쳤다. 남은 겨울 동안 병사는 신묘한 속도로 아씨의 가르침을 빠르게 습득했다.

봄이 가까워질수록, 아씨의 얼굴에는 지울 수 없는 걱정의 그림자가 드리워졌다. 아씨는 말이 점점 없어졌고, 병사 또한 그것을 알았다.

"아씨, 괴롭습니까?"

"무엇이 말이냐?"

아씨가 고개를 갸웃했다.

병사는 아씨의 경대를 열어 옥가락지를 내보였다. 강 건너 마을의 혼인 상대자가 결혼을 약속하며 보낸 패물 중 하나였다. 병사의 눈동자는 아씨에게 대답을 바라고 있었다.

'그때 고개를 끄덕이지 않는 게 좋았을까?'

생각에 잠겨 있던 계월은 빵 그릇을 나르는 익숙한 얼굴의 종업원을 보고 깜짝 놀랐다. 헛웃음이 나왔다.

'저 녀석이 도대체 왜 저기 있는 거지?'

부엌을 빠져나오자마자 지배인에게 덜미를 잡힌 희덕은 일본인 종업원들의 무리에 섞여 일을 하게 되었다. 희덕은 다른 종업원이 움직이는 모양을 흘깃흘깃 훔쳐보며 어딘가 뻣뻣한 손놀림으로 빵 그릇을 내려놓았다. 식탁 위는 기름이 흐르는 구운 고기와 신선한 야채, 새콤달콤한 냄새가 퍼지는 과일, 제각기 다른 음료를 담은 유리컵으로 풍성했다.

'조선인들은 하루에 조밥 한 주먹도 먹지 못해 전전긍긍하는데 여기에서는 이런 만찬이 벌어지다니!'

가슴이 아파 와 식탁에서 고개를 돌려 발코니 쪽을 바라본 희덕은 들고 있던 빵 그릇을 떨어뜨릴 뻔했다. 격자무늬 유리창 밖에서 계월이 손짓하고 있었다.

계월은 빈 음식 수레를 끌고 겨우 방 밖으로 나온 희덕의 목덜미를 낚아채 어두운 방으로 소리 없이 끌고 들어갔다. 희덕은 캑캑거리며 목을 문질렀다.

"뭘 좀 찾았어요?"

"저 사람이야."

계월이 희덕을 데리고 발코니로 나가 백작을 가리켰다.

"맞아! 제가 학교에서 본 사람도 저자였어요."

계월은 아무 대꾸 없이 방 안의 사람들이 식사하는 모습을 지켜보고만 있었다. 대부분 값이 나가 보이는 양복을 입은 서양 사람들이었지만 가슴팍이 전부 덮일 듯 훈장으로 가득한 옷을 입은 일본인들도 있었다. 남자들은 웅성거리기도 하고 때로는 몸을 젖혀 크게 웃기도 하면서 접시를 비워 갔다.

희덕은 계월이 찾는 남자가 하는 양을 지켜보니 어딘가 꺼림칙한 기분이 들었다.

'허락도 없이 여자 기숙사에 들어와 물건을 가져간 걸 보면 좋은 사람 같지는 않아.'

게다가 이런 자리에 초대받을 정도의 사람이라면 조선인인 자신을 어떻게 대우할지는 물어보지 않는 편이 차라리 나을 것이다. 희덕이 저에게 달려드는 모기를 손바닥으로 잡자, 계월이 들키겠다며 눈치를 주었다.

"수첩이 원래 주인한테 돌아갔으니 잘된 거 아닌가요? 괜히 왔나 봐요."

"백작이 조선에 있다는 건, 나를 누가 일본에 팔아넘겼는지 알 수도 있는 기회란 말이야."

"팔아넘겼다니? 일본에요?"

계월은 대답하지 않았다. 항상 이런 식이었다. 몸을 숨기기 위해 쪼그려 앉아 있던 희덕의 다리가 점점 저려 오기 시작했다. 발코니에서 내려다보이는 뒤뜰에선 파티에 초대받은 사람들끼리 야외에서 고리 던지기 놀이라도 하는지, 웃음소리가 끊이질 않았다.

"답해 주지 않을 거면 전 내려가 볼게요. 두 분이서 알아서 하셔요."

희덕은 꼼지락거렸다.

"조용히 해!"

그때, 백작이 자리에서 벌떡 일어났다.

"아까 말했던 중개인을 연결하지요. 제 이름을 대면 평균 가격보단 높이 쳐줄 겁니다."

테이블에 있던 사람들이 만족스럽게 고개를 끄덕였다.

"그럼 잠시 손님을 맞이해야 해서."

백작은 양손을 높이 들어 손뼉을 쳤다. 그러자 잔을 들고 입으로 가져가던 사람들, 과일을 베어 물던 사람들이 모두 돌처럼 굳어 버렸다. 계월은 긴장했다.

백작이 품에서 굵직한 시가를 꺼내 성냥으로 불을 붙이고는 천천히 발코니로 다가오더니 유리문을 활짝 열어젖혔다. 계월을 잠시 노려보던 백작이 두 팔을 벌렸다.

"이리 귀한 손님이 오신 줄 알았다면 미리 상석으로 초대했을 텐데. 나의 스칼렛!"

그리고 계월을 포옹했다.

희덕은 깜짝 놀라고 말았지만, 다른 사람들이 그랬듯 돌처럼 굳지는 않았다. 백작은 유일하게 굳어 버리지 않은 희덕을 의아하게 여기며 계월에게 눈짓으로 물었다.

"저 애는 나를 도와주고 있는 동료야."

계월은 쭈뼛쭈뼛 식탁의 모서리 끝만 매만지고 있는 희덕을 보자 딱한 생각이 들었다.

"벌써 종을 거느리고 다니다니. 수완이 좋군, 스칼렛!"

"그 이름은 이제 쓰지 않아."

"그래, 장미꽃은 다른 이름으로 불러도 달콤한 향기가 있는 법."

백작은 계월을 자리에 앉히고 자신도 맞은편에 앉았다.

"난 꽃이 아니야."

계월은 맞은편 자리에 앉아 백작을 쏘아보았다. 하지만 백작은 계월의 표정을 신경조차 쓰지 않는 것 같았다. 남의 말을 듣지 않는 백작의 태도는 여전했다. 계월은 자신을 흡혈마로 만들어 준 백작의 품을 왜 떠나고자 결심했었는지 알 것도 같았다.

"네가 이렇게 찾아올 줄 알았지."

백작은 소리 내어 웃었다.

"네가 나에게 돌아오겠다면 난 언제든 받아 줄 준비가 되어 있어. 너도 기억하잖아? 이 삶을 선택한 건 바로 너라는 걸."

계월은 떠올렸다. 백작이 입에 피를 담고 삼키는 법을 가르쳤던 나날을.

*

"아버지, 아직도 배가 고파요."

대감의 낯빛은 사색이 되었다. 아씨는 자신의 손에 묻은 붉은 액체가 축사에서 기르던 송아지의 피라는 것을 뒤늦게야 깨달았다.

황 대감댁 외동딸이 시집을 가기도 전에 여우에게 홀렸다는 이야기는 강화도의 작은 마을에 금방 퍼졌다. 사람들은 서양 도깨비가 들어와 나라를 헤집더니 망할 징조가 보인다고 수군대었다.

대감은 딸의 중병을 고치기 위해 굿을 하고 온갖 의원을 데려다 놓았지만 차도가 없었고, 생피를 마시지 않으면 하루 종일 열이 끓었다.

아씨는 오로지 밤에만 눈을 떴고 초봄임에도 차디찬 입술에선 허연 입김이 나왔다. 아무도 그의 방에 음식을 넣고 싶어 하지 않았고, 수발을 들고 싶어 하지도 않았다. 방 안에 들어간 몸종이 목에 상처가 나 기겁하여 도망친 게 벌써 두 명째였다.

마을 사람들이 간간이 창 너머에서 돌을 던지기 시작했다. 찢어진 창호지는 너덜거리고, 아씨는 초도 켜지 않은 방에서 괴로워하며 벽을 손톱으로 긁었다.

마님의 곡소리가 여느 때보다 더 크게 울려 퍼진 이튿날, 아씨의 방 안으로 닭 피 한 사발과 매듭이 지어진 밧줄이 함께 들어왔다. 아씨는 그것이 무슨 의미인지 알았으나 눈물은 흐르지 않았다.

'목을 맨다고 해서 숨이 끊어질까?'

그동안 그토록 괴로워 혀를 깨물고 벽에 머리를 세차게 부딪혀 보기도 했지만 잠시 정신을 잃고 난 뒤엔 상처가 흔적도 없이 사라졌던 것이다.

밤중에 누군가 문을 두드렸다. 달빛 속에서 마주친 병사의 눈이 어깨에 있는 견장만큼이나 빛났다.

"나와 함께 갑시다. 신의 축복도, 악마의 축복도 함께 있을 것이오."

아씨가 물었다.

"신은 무엇이고, 악마는 무엇이오?"

"신은 나를 만든 자이고, 악마는 나를 가르친 자입니다."

"천주학에서 나오는 것들인가?"

남자는 웃었다.

"거기에서는 나오지 않는 것이지요."

병사는 아씨의 손을 잡고 달리기 시작했다. 곧, 두 사람은 바닷바람을 맞을 수 있었다.

'바다까지 이렇게 빨리 올 리가 없을 텐데.'

하지만 아씨는 그의 손을 잡고서라면 그 어느 것도 가능하다는 것을 알게 되었다.

검은 바다 위에 부는 바람이 더 이상 차갑게 느껴지지 않왔다. 세차게 치는 파도도 두 사람에겐 요람을 흔드는 손처럼 느껴졌다. 아씨가 준비된 조각배에 앉자, 병사는 잊은 것이 있다며 기다리게 했다. 잠시 후 저 먼 곳에서 큰불이 일어난 듯 하늘이 환해지더니 병사가 웃는 낯으로 돌아왔다.

"목이 타지요?"

그가 가져온 호리병엔 뜨겁고 검붉은 액체가 찰랑였다. 아씨는 그 호리병이 집안에서 귀한 손님을 맞을 때마다 꺼내 쓰던 난초가 그려진 병이라는 걸 알아보았다.

아씨의 코끝에 호리병 안의 달콤한 냄새가 스쳤다. 무언가 묻고 싶은 것이 있었지만 아씨는 묻지 않았다. 어차피 대답을 받을 거라는 기대가 들지 않았기 때문이다.

아씨는 병에 담긴 것을 마시기로 결심했다. 오랫동안 물을 마셔 본 적이 없는 사람처럼 꿀꺽꿀꺽 들이켰다. 동물의 피와는 다른 맛이었다. 아씨는 그 사실이 만족스러웠다. 바다에 던져진 호리병은 파도 위에서 달빛을 받아 반짝거리더니, 어디론가 유유히 사라져 버렸다.

병사는 맞은편에서 노를 젓기 시작했다. 아씨는 어디로 향하고 있는지는 알 수 없었지만, 이제 어디로 가든 이 사람을 따라야 한다는 것을 깨달았다. 입가에 묻은 남은 피를 혓바닥으로 깨끗이 핥아 먹은 아씨를 향해 병사는 미소를 지어 보였다. 아씨도 입꼬리를 올려 웃어 보였으나, 뺨에서 흐르는 눈물은 멈출 줄을 몰랐다.

병사가 노를 젓는 내내, 끝까지 그 이유는 알 수 없었다.

*

"우린 다시 시작할 수 있어."

백작이 외쳤다. 축음기의 노래가 끊겨 규칙적으로 바늘이 헛도는 소리만 들렸다.

"난 할 일이 있어."

"여전하군. 조선에 아직도 희망을 걸다니."

백작이 유리컵에 술을 따라 코밑에서 잔을 빙글빙글 돌렸다. 알코올 냄새가 확 끼쳤다.

"죽어야 할 곳에서 살아 돌아왔으니 이제 깨달았을 거라고 생각했는데……. 하긴, 그 어리석음 또한 너의 존재를 빛나게 하지."

"죽어야 할 곳이라니?"

계월은 백작을 바라보았다.

"나는 내가 어딜 다녀왔다는 것도 말하지 않았는데……."

백작은 잠시 말이 없었다.

"네가 그만큼 많은 일을 겪었으리라는 뜻이야."

계월은 백작의 모든 습관을 알고 있었다. 거짓말을 할 땐 당당하게 상대방의 눈을 쳐다본다는 것도.

백작은 입을 열었다.

"너의 피는 내게 속해 있어. 내가 너의 숨통을 언제라도 끊을 수 있다는 사실을 잊지 마."

계월은 희덕의 동그란 머리통을 보며 생각했다.

'역시 이 녀석을 데리고 오는 게 아니었어.'

그 순간, 벽수산장의 2층 발코니 창이 큰 소리를 내며 폭발했다. 마당의 사람들이 깜짝 놀라 굉음의 출처를 찾았다. 이윽고 부서진 발코니에서 검은 그림자가 떨어져 풍덩, 하는 소리가 들렸다.

"연못에 사람이 빠졌어!"

갑작스럽게 물속으로 빠진 희덕은 아래로, 아래로 가라앉았지만 살겠다는 필사의 발버둥이 연못 기슭에 다다르게 했다. 서로 대화를 나누던 계월과 백작 사이에 잠시 정적이 흘렀고, 남자가 손을 뻗었던 것까지 기억이 났다.

그리고…….

'분명 계월이 날 끌어안았어.'

그때 마치 초자연적 바람이 자신들을 세차게 밀어내는 느낌이 들었다. 희덕은 몸을 일으켜 수면에 둥둥 떠오른 계월의 치맛자락을 손으로 단단히 감아 잡고 가슴으로 끌어당겼다. 계월의 맨다리가 드러나자 언제나 검은 옷으로 꽁꽁 싸매고 다니는 맨살에 흉터가 가득했다.

사람들이 연못으로 다가오는 소리가 들렸지만, 다행히 덤불과 정원수가 빽빽이 심어져 있어 보이진 않았다. 계월은 희덕이 아무리 몸을 흔들어도 깨어나지 않았다. 뺨을 세차게 쳐 보기도 하고, 차가운 손을 있는 힘껏 주물러 보기도 했다. 사람들이 웅성거리는 소리 사이로 규칙적인 군홧발 소리가 가까워지고 있었다. 희덕은 힘을 짜내어 계월의 귀에 소리쳤다.

"일어나!"

희덕은 그것이 거센 돌풍에 서로 부딪치는 나뭇잎 소리라고만 생각했다. 그러나 그 소리는 점점 더 커져, 이윽고 날개가 푸드덕거리는 소리로 바뀌었다. 누군가 새된 비명을 질렀다. 그 비명을 시작으로 곧 아우성을 치는 소리가 들렸다. 흔들리는 그림자인 줄로 알았던 검고 작은 형체들이 밤바다색의 하늘을 까맣게 덮었다. 수를 셀 수도 없이 많은 박쥐가

쏟아져 내렸다. 어디선가 총성이 두어 번 들렸다. 희덕은 혹시나 날카로운 발톱에 상처 입을까, 계월을 꼭 끌어안았다. 포유류의 높은 울음소리가 귓가를 파고들었다. 희덕은 까무룩 정신을 잃고 말았다.

노라를 놓아주게

눈을 떠도 깜깜한 하늘만이 보였다. 희덕은 잠시 자신이 눈을 뜬 것이 아닌가 하는 생각이 들었다. 어디선가 부엉이 울음소리가 들렸고, 풀벌레 소리가 가까워 자신이 있는 곳이 벽수산장의 뒷마당이 아님을 겨우 짐작할 뿐이었다.

"희덕아, 임희덕!"

날카로운 손매가 뺨을 세차게 때려 양 볼이 따가웠다. 나무 사이로 새어 드는 달빛에 눈이 익숙해지자 둘레의 윤곽이 서서히 드러났다. 밤하늘에 흩뿌려진 별 아래로 평소보다 창백한 계월의 얼굴이 자신을 내려다보고 있었다. 사람 소리는 들리지 않았고, 산 벌레 우는 소리만이 귀를 찔렀다.

"박쥐 밥이 된 줄 알았어."

눈을 뜬 희덕이 몸을 일으키려 했지만 물이 덜 말라 축축

처지는 옷이 무거워 쉽지 않았다.

"학교 뒷산이야. 도무지 네가 깨어나지 않길래……."

계월의 목소리에서 지친 기색이 묻어났다. 계월이 나를 여기까지 데려다 놓은 걸까? 희덕은 그제야 자신이 나뭇잎을 얹은 부드러운 흙 위에 누워 있다는 것을 알아차렸다. 여태껏 젖은 옷을 입고 있어선지 재채기가 나왔다.

"이제 내려가자. 짐을 챙겨야 할 것 같아."

"짐? 무슨 짐요?"

아직 멍하게 있던 희덕은 계월의 목소리에 정신을 차렸다. 계월은 나무 사이로 점점이 보이는 민가의 불빛들을 바라보았다.

"학교를 떠나야겠어."

계월의 얼굴에 결연한 표정이 떠올랐다.

"이…… 이렇게 갑자기요?"

"백작은 내가 그 정도로 다치거나 죽지 않는다는 걸 잘 알아."

계월은 희덕의 팔을 단단히 잡고 일으켜 주었다.

"도대체 무슨 일이에요? 둘이 친구 아니었어요? 그리고 스칼렛이란 사람은 누구여요?"

희덕은 속사포처럼 질문을 내뱉었다. 어디선가 늑대 울음

소리가 길게 들리자 희덕은 겁이 나 계월의 뒤에 딱 달라붙었다.

"그건 내가 백작을 따라 불란서에 갔을 때 그가 지어 준 이름이야."

계월은 완만한 경사를 따라 산을 내려가기 시작했다.

"그 이름이 수첩에 있었어요."

"네가 수첩을 읽었다고?"

앞서가던 계월이 우뚝 걸음을 멈추자 희덕은 발을 헛디디고 말았다.

"네, 그게 에스페란토 말이래요. 단이 언니가 가르쳐 주었어요."

희덕은 기침을 몇 번 했다.

"언니는 그게 무얼 판매한 장부 같다고 했어요. 언니네 집이 포목점을 하시거든요."

"……난 그게 다른 장부인 줄 알았는데. 백작이 옛날 그림이나 도자기 같은 걸 파는 일을 했거든. 거기에 내 이름이 있었다는 건……."

계월은 산을 내려가는 동안 말이 없었다. 희덕도 계월이 밟은 자리를 디뎌 가며 그의 뒤를 따랐다. 한동안 두 사람 사이에는 나뭇가지를 밟아 부러지는 소리만이 났다.

"선생님을 흡혈마로 만든 게 그 사람이라 했지요?"

희덕이 물었다.

"아주 오래전에 불란서 군대가 강화도에 들어온 적이 있거든."

희덕은 놀라 숨을 들이켰다. 불란서 군대가 조선에 들어왔을 때라면, 도대체 몇 년 전인가! 희덕은 손가락으로 셈을 해 보았다.

"백작은 나를 흡혈마로 만들고, 나는 백작의 성이 있는 그의 고향까지 가게 되었어. 거기엔 이미 나 같은 자가 여러 명 있더군. 전부 백작이 세계를 돌아다니며 자신의 동료로 만든 사람이었어. 나와 비슷한 이들과 함께 지내며 유럽에서 사는 방법을 배웠지. 인간이 아닌 존재로 변하고 얼마 되지 않았을 때에는, 남들보다 강한 육체로 밤에도 지치지 않고 즐기느라 시간이 모자랐지."

계월이 희미하게 헛웃음을 지었다.

"그때는 백작이 전쟁을 좋아한다는 사실도 별로 거슬리지 않았어."

"전쟁요?"

계월이 희덕을 돌아보았다.

"그래. 강화도에도 그래서 온 거야. 흡혈마는 쉽게 상처를 입지 않거든. 그는 가끔 병사로 둔갑해 군대에 잠입했어. 사람을 해치는 게 허락된 전쟁터에 가면 원 없이 피를 마실 수 있으니 말이야. 그 후엔 미술품을 팔며 장사를 시작했지. 동양에서 가져온 물건이라며, 언뜻 보기에도 하품인 도자기나 족자를 팔았어. 나를 내세워 옆에 끼고 다니니 사람들에겐 그럴듯하게 보였는지 꽤 많은 돈이 모였어. 백작이 그 돈으로 뭘 하려는지 나는 그때까지 몰랐고……. 그런데 어느 날……."

계월은 기억을 더듬었다.

"일본이 조선을 보호하는 게 아니라 침략한다 말하는 조선인 세 명이 해아(海牙)에 왔다며 신문이 떠들썩해졌었지. 나는 불란서에서 그 기사를 읽었어. 그리고 내 고향 땅이 어떤 상황인지 알게 되었지. 하지만 그 화제를 꺼내자마자, 백작은 그건 원래 그렇게 되었을 일이라고 했어. 단지 약자와 강자의 운명이라면서. 그가 내게 힘을 주고, 내가 그의 울타리 안에서 즐거움과 안식을 주는 것처럼 말이지."

희덕은 백작의 생각에 소름이 돋았다. 계월은 앞을 가로막고 있는 나뭇가지를 옆으로 치워 내며 말했다.

"그때는 내가 백작의 눈을 피해 조선에 대해 알아보는 게 불가능했어. 그러다 몇 년 후에 백작이 열광한 사건이 터진 거야.”

“그게 뭔데요?”

“세계 전쟁 말이야.”

희덕은 발을 헛디딜 뻔했다.

“백작은 이웃 나라에서 누군가 황태자에게 총을 쐈다는 기사를 읽은 이후부터 더 이상 전쟁에 직접 참가하지 않고 재산을 전부 무기를 사들이는 데 투자했어. 그걸로 큰돈을 벌었지. 난 그동안 이 나라가 어떻게 되었는지 알고 싶어서 가만히 있을 수가 없었어. 그 무렵 그가 전쟁에 몰두하느라 나를 향한 감시가 소홀해졌지.”

희덕이 숨을 흡 들이켜는 소리가 났다.

“그제야 나는 조선으로 돌아와 운 좋게 백송을 마주칠 수 있게 된 거야. 그리고 화란을 만나 그동안 모은 돈으로 내가 할 수 있는 일은 무엇이든 했지.”

계월은 곰곰이 생각했다.

“그러고 보면 백작은 그때 이미 조선에서 전쟁의 기운을 느끼고 나와 함께 경성에 온 것일지도 몰라.”

계월은 헛웃음이 나왔다. 희덕에게 말하면서 머릿속에 엉켜 있기만 했던 사건들이 차례차례 자리를 잡아 갔다. 계월은 그동안의 일들을 누군가에게 설명한 적도 없고 정리해 보는 것도 처음이라는 사실을 떠올렸다. 하지만 이제라도 반드시 털어놓아야 한다는 생각이 들었다.

"백작은 점점 일본 사업가들과 가까이 지냈어. 그래서 난 떠나기로 결심했지. 내 짐을 전부 화란에게로 옮기고, 그에게 떠나겠다고 말했어."

백작에게 떠나겠다고 선언하고 홀로 거리에 나선 그때, 어디선가 기다렸다는 듯이 나타난 제복 차림의 괴한들이 계월의 팔을 붙잡았다. 반항할 틈도 없이 옆구리에 주사를 찔려 정신을 잃은 계월이 눈을 뜬 곳은 소독약 냄새가 코를 찌르는 사방이 새하얀 병원이었다.

그 후 이 년이란 시간 동안 있었던 일들에 대해선 떠올리기도, 입 밖으로 내고 싶지도 않았다.

병원의 형태는 띠고 있었으나, 그곳은 사람의 아픔을 치료하는 장소가 아닌 고통을 탐구하는 곳에 가까웠다. 전쟁과 더 효율적인 파괴를 위한 생화학적 단서를 발견하는 데엔 난도질해도 원상태로 돌아가는 흡혈마의 육체야말로 더할 나위 없는 실험체였다. 계월은 그곳에서 아물지 않는 상처를 얻고, 자신이 생각을 지닌 사람이었다는 사실을 잊어갔다.

“난 지금까지 날 일본에 넘긴 사람을 찾고 있었지. 하지만…….”

계월은 그 뒤의 말을 차마 잇지 못했다.

‘내가 백작을 생각하는 것만큼만 그도 나를 생각했더라면…….’

그러나 이제 돌이킬 수도 없는 진실에 대해 해석을 덧붙이고 싶지 않았다. 훌쩍이는 소리에 계월은 뒤를 돌아보았다.

‘참 이상한 아이야.’

계월은 소매로 얼굴을 훔치며 눈가를 닦는 희덕을 보며 생각했다.

‘나도 오래되어 눈물이 말라 버린 일에 이리 울어 주다니. 저의 일도 아닌 것을…….’

바람이 덤불을 흔들어 구슬피 우는 소리가 났다. 계월은 희덕의 한쪽 손을 잡았다. 그리고 까마득한 어둠 속에서 등불 켜진 창이 드문드문 보이는 기숙사를 향해 걸었다.

“정말 떠날 생각이에요?”

계월이 피워 준 화로에 옷을 말리던 희덕은, 옷장과 책장에 있는 짐을 모두 꺼내는 계월을 보고 깜짝 놀라고 말았다.

계월은 희덕이 그를 처음 만났을 때 본 여행 가방을 열더니 믿을 수 없는 속도로 짐을 쌌다.

"내가 있는 곳을 안 이상 다시 돌아올 게 분명해……. 그때는 부서지는 게 산장이 아닐 수도 있고, 2층에서 떨어지는 사람이 내가 아닐 수도 있어."

계월은 어지럽게 널려 있던 종이 뭉치, 옷 더미, 펜, 잉크병, 낡은 책들 사이에서 자기 물건을 찾아 가방 안으로 던져 넣었다.

"학생들도, 선생들도 내가 없는 데 곧 익숙해질 거야."

계월은 이불을 한번 털어 정리한 후에 마지막 남은 서랍을 열쇠로 열었다. 안에는 색색의 편지 봉투가 가득 들어 있었다.

"그건 누구 거예요?"

"학생들이 보낸 거야, 나한테."

계월은 편지들을 하나씩 읽어 보았다.

"도대체 연모한다는 말은 왜 이렇게 남발하는 거니?"

계월은 그렇게 말하면서도 편지들을 몇 묶음으로 나누어 가방의 빈틈에 빠짐없이 쑤셔 넣었다.

기숙사 현관 앞까지 쫓아 나온 희덕에게 계월은 들어가라는 손짓을 몇 번이나 해 보였다.

"정말 이렇게 가시려고요?"

계월은 현관 앞에 가방을 내려놓고 마지막으로 모자를 단단히 썼다. 희덕은 계월을 바라보았다. 머리카락만 살짝 젖어 있었을 뿐, 처음 희덕을 만났을 때와 달라진 점이 없었다. 오히려 푸른 달빛을 받아 앳되어 보였다.

이런 사람을 무서워했었다니! 희덕은 그런 생각이 들었다.

"네가 대신 학생들에게 인사해 줘."

계월은 웃고 있었다.

"어차피 내일이 되면 서운하지도 않고, 섭섭하지도 않을 걸."

한 손에 커다란 짐 가방을 든 계월이 갑자기 희덕을 돌아보았다. 그러고는 평소라면 절대 할 것 같지 않은 말을, 툭 뱉었다.

"……고마워."

당황한 희덕이 눈을 끔뻑인 순간, 현관 아래에 서 있던 계월의 모습은 온데간데없이 사라져 있었다.

결별

다음 날 희덕은 엄청난 두통에 얼굴을 찡그리며 일어났다. 언니들은 이미 옷을 차려입고 이불을 개느라 마루 위를 부산하게 돌아다녔다.

"희덕이 이제야 일어났니?"

비가 오려는지, 하늘을 빽빽이 덮은 음침한 구름 탓에 분명히 해가 떠 있을 시간인데도 창밖이 어두웠다. 희덕은 침대에 주저앉아 잠시 머리를 붙잡았다. 누군가가 복도에서 나무 막대기 같은 것으로 문을 부서져라 두드렸다.

"일어나라! 기상이야, 기상!"

날카로운 목소리에 언니들은 일사불란하게 방 밖으로 나갔다.

'선생님은 어젯밤에 떠났는데.'

희덕은 느릿느릿 옷을 갈아입으며 간밤의 일을 생각하고 있었다.

'벌써 새 사감 선생님이 온 걸까?'

"학생, 지금이 몇 시입니까?"

희덕이 욱신거리는 팔다리를 주무르며 식당에 들어가자 처음 보는 중년의 조선인 선생이 호통을 쳤다. 문 옆에는 식사 시간에 늦게 내려온 학생들이 무릎을 꿇고 앉아 있는 것이 보였다. 식당 안에는 이미 학생들이 자리를 채워 밥을 먹고 있었지만, 여느 때와 달리 조잘거리는 잡담 없이 식기 부딪치는 소리와 의자 끄는 소리만 났다. 희덕은 그 이유를 알게 되었다. 이와모토가 회초리를 들고 학생들 사이를 순찰하고 있었던 것이다. 누런 저고리에 해진 치마를 입은, 새로 온 선생의 손에도 회초리가 들려 있었다. 희덕은 다른 학생들이 밥을 다 먹고 나서야 겨우 자리에 앉을 수 있었다.

"사감 선생님이 벌써 새로 오셨나 봐요."

희덕은 아직 밥을 먹고 있는 동백과 난초 맞은편에 자리를 잡고 앉았다.

"어떻게든 아침잠을 못 자게 한다니까."

"저 선생은 방 문짝을 언젠가 단디 뽀사 뿔 끼라."

동백과 난초는 그릇에 붙은 밥풀을 싹싹 긁었다. 희덕은 갈라진 목소리로 말했다.

“그래도 이전에는 덜 깨워서 좋았는데.”

“이전? 언제?”

동백은 의아한 얼굴로 희덕을 바라보았다.

“계월 선생님 말이에요.”

동백과 난초는 서로를 바라보았다.

“계월이라니, 그게 누꼬?”

“네?”

“얘, 너 지금 무슨 허황된 말을 퍼뜨리니? 아직도 잠이 안 깬 거 아니간?”

어리둥절한 표정의 동백과 난초는 평소처럼 희덕에게 장난을 거는 얼굴이 아니었다.

“왜…… 왜, 사감 선생님이 있었잖아요. 계월이라고.”

“너 괜안나?”

난초는 걱정스러운 눈초리로 희덕을 바라보았다.

“희덕이 너 어디 속골이라도 아픈 거 아니니?”

동백은 제 손으로 희덕의 이마를 짚어 보았다.

“얘, 얼굴이 무척이나 뜨겁다.”

“언니, 언니가 계월 선생님을 잊어버리면 안 되지요!”

희덕은 억울한 마음이 들었다.

"계월이가 누꼬? 아키마 사감 다음에 김 선생 말고는 아무도 없었다 아이가."

난초가 절레절레 고개를 저었다. 충격받은 얼굴로 오전 시간을 보낸 희덕은 기숙사생인 아이들을 찾아다니며 계월에 대한 이야기를 나누려고 애썼다. 계월이 와서 다들 세련된 그의 모습을 동경했던 것, 전에 빼앗겼던 물건을 돌려받은 일, 사감실에서 레코드를 들었던 것……. 하지만 그를 기억하는 사람이 아무도 없었다. 몇몇 학생들은 희덕의 정신이 올바르지 못한 건 아닌지 의심하며 고개를 갸우뚱하기까지 했다.

눅눅한 회색 구름이 하루 종일 하늘을 뒤덮고 있었다. 희덕은 수업이 끝난 후, 청소 시간에 몰래 빠져나와 사감실 앞에서 서성였다. 계월이 있을 땐 종종 덤불 근처에 보이던 줄무늬 살쾡이도 보이지 않았다. 문에 끼워진 사각 유리 안으로 깨끗하게 정돈된 책상과 침대가 보였다. 희덕은 김 선생이 없는 것을 확인하고 사감실의 문을 열었다. 계월의 흔적을 찾으려 애썼지만, 짧고 구불거리는 머리카락 한 올 보이지 않았다.

'내일이면 더 이상 서운하지도 않게 될 거라는 말이 이런

뜻이었나?'

학교는 분명 어제와 같은 모습이었는데도, 어딘가 커다란 공터가 생긴 것만 같았다. 희덕은 기숙사가 이전보다 조용하고 지루한 곳처럼 느껴졌다.

"너 여기서 무얼 하니?"

열려 있는 문으로 들어온 김 선생이, 희덕이 알아차리기도 전에 날카로운 손놀림으로 희덕의 귀를 홱 낚아챘다.

"아얏!"

희덕은 비명을 질렀지만 선생은 귀를 꽉 잡고 놓지 않았다. 사감 선생은 그대로 희덕을 질질 끌고 오후 예배를 준비 중인 예배당 안으로 들어갔다. 안에는 전교생이 학년별로 긴 의자에 앉아 있었다. 왼쪽 귀가 떨어져 나갈 것만 같았던 희덕은 눈물이 고여 흐릿해진 시야로 기겁하며 달려오는 앤더슨 선생님을 보았다. 김 선생은 아랑곳하지 않고 희덕을 예배당 단상에 세웠다.

"이 학생은 세 가지 죄가 있습니다."

그는 희덕에게 단상 바닥에 무릎을 꿇도록 시켰다. 예배당에는 김 선생의 날카로운 목소리가 울렸다.

"청소 시간에 임무를 다하지 않고 홀로 유희를 즐긴 죄! 다음으로 빈 사감실에 들어와 값진 물건을 훔치려 한 죄!"

"아니에요! 그러지 않았어요!"

희덕은 엎드려 소리쳤다. 그러나 김 선생은 옆구리에서 기다란 회초리를 꺼내 희덕의 무릎을 툭툭 건드렸다.

"마지막으로 이 더러운 양말! 어디 여학생이 되어 학교에서 이렇게 불결하게 생활하지요? 세탁실이 있는데도 이런 모습으로 다닌다니!"

김 선생은 희덕에게 양말을 벗게 하고, 자비 없이 회초리로 내리쳤다. 학생들은 숨소리 하나 내지 않고 고개를 푹 숙이고 있었다. 희덕은 치맛자락을 두 손으로 꽉 붙잡고 버텼다.

불이 꺼진 기숙사 방으로 단이가 들어왔다. 희덕은 예배당에서 맞은 발바닥 때문에 도저히 걸을 수가 없어 저녁도 거른 채 침대에 누워 있었다. 단이는 간신히 눈을 뜬 희덕의 이마를 쓸어내리곤 부엌에서 가져온 사발을 내밀었다.

"생강차야. 너 고뿔이 제대로 든 것 같구나. 1학년 학생을 이리 괴롭히다니……."

단이가 혀를 찼다. 희덕은 뜨거운 생강차를 호호 불어 마셨다. 쌉싸름한 맛이 목구멍을 타고 내려갔다.

"……이상해요."

"무엇이?"

"왜 아무도 계월 선생님을 기억하지 못하는 건가요?"

"희덕아, 너 정말 어디 아픈 게 아니니?"

단이는 걱정스레 말했다.

"단이 언니, 언니가 봤던 에스페란토 말로 쓰인 수첩이 계월 선생님의 것이에요."

"뭐라고?"

잠시 곰곰이 생각하던 단이는 이내 고개를 저으며, 그런 수첩을 본 적이 없다고 말했다. 희덕은 마음이 답답해져 단이가 물려준 에스페란토어 공책 이야기를 꺼냈다.

"그건 네가 궁금하다고 해서 알려 준 거지. 계월이란 사람이 누군지는 정말 몰라. 진심이야."

희덕은 아침에 두통이 왔던 때보다, 전교생 앞에서 발바닥을 맞았던 때보다 서러운 기분이 되었다. 아무도 기억하지 못하는 걸까? 그게 아니라면, 다들 나를 속이고 있는 걸까?

"하지만 이상하지."

단이도 고개를 갸웃거렸다.

"예전에 사감 선생이 빼앗아 간 내 친구의 편지가 서랍에 있었어. 분명 그걸 돌려받은 기억이 없는데 말이야……."

희덕은 다음 날까지 발바닥의 통증이 가시지 않아 절뚝이며 수업을 들으러 가야 했다.

"경애야!"

희덕은 맞은편 복도에서 다른 친구들과 걸어오는 경애를 반갑게 불렀다. 며칠 전 교실에서 자리가 바뀐 후로, 희덕은 경애와 한 번도 제대로 말을 나눌 기회가 없었다. 희덕의 머릿속은 계월의 일로 가득 차 있기도 했고, 경애 역시 새로운 친구들과 어울리기 시작한 것 같았다. 경애는 희덕이 부르는 소리를 못 들었는지 제 친구들과 우르르 교실로 들어가 버렸다.

"야, 김경애."

희덕은 예전처럼 장난스러운 목소리로 경애를 불렀다. 그런데, 희덕을 향해 고개를 돌린 경애의 얼굴이 잔뜩 찌푸려져 있었다.

"왜 불러?"

희덕은 주춤 물러났다. 경애가 입꼬리를 한쪽만 올려 웃었다.

"너 이제 양말은 좀 빨아 신고 다니니?"

"뭐어?"

희덕은 당황해 되물었다.

"어휴, 이제 발이 퉁퉁하게 부어서 맞는 양말이 없겠다, 얘."

옆에 있는 무리는 경애의 비웃음에 같이 푸하하, 웃음을 터뜨렸다. 희덕은 깜짝 놀라 그들이 웃음이 멈추고 저들끼리 수다를 떨기 시작할 때까지 그 자리에 가만히 있을 수밖에 없었다. 희덕에게 눈길도 주지 않은 경애는 끝까지 등을 돌린 채였다. 희덕은 구석진 창가 옆자리로 돌아와 의자에 앉았다. 1교시는 희덕이 제일 좋아하는 지리 시간이었지만, 선생님이 시키는 간단한 발표조차 목소리가 떨려 제대로 말하지 못했다. 음악 시간에는 항상 음악실로 함께 가던 경애가 옆에 없으니 더더욱 쓸쓸한 기분이 되었다. 음악실로 들어가자 경애는 벌써 제 친구들과 함께 피아노를 치고 있었다. 학생들이 자리를 채우자, 경애가 갑자기 보란 듯이 손가락을 빠르게 움직이며 복잡하고 어려운 곡을 연주했다. 음악실에 있던 아이들이 피아노 근처로 몰려들었다.

"왐마, 경애야. 네가 경성에서 제일로 피아노를 잘 치는 것 같다야."

"역시 어렸을 때부터 배운 친구는 다르구나."

반 아이들이 한마디씩 칭찬을 했다. 희덕은 홀로 자리에 앉아 책을 뒤적거렸다. 경애가 웃음을 터뜨리는 소리가 들렸다.

"그동안 내가 피아노를 잘 못 쳤던 이유를 알았거든."

"이유? 뭔데?"

"저런 애랑 어울리니 실력이 늘질 못했던 거야."

경애는 희덕을 손가락으로 가리켰다. 희덕은 너무나 화가 나서 벌떡 일어났지만, 앤더슨이 들어와 학생들을 자리에 앉혔다.

"지난번에 배운 53쪽의 찬송가를 연습해 봅시다."

앤더슨은 반주를 맡은 경애에게 손짓했다. 노래의 운을 띄울 때쯤, 경애가 갑자기 다른 곡을 연주하기 시작했다. 음악 책 어디에도 없는 어둡고 비통한 곡이었다. 앤더슨은 점잖게 경애를 나무랐다.

"53쪽이라고 듣지 못했나요?"

경애는 피아노에서 손을 내려놓고 앤더슨을 쏘아보았다. 희덕은 상상할 수도 없는 경애의 행동에 그저 놀라 입을 벌리고 쳐다보았다.

"우리 아버지가 이 학교에 얼마를 내고 있는지 알아요?"

경애가 버럭 소리쳤다. 다른 아이들도 놀라서 경애를 바라보았다. 경애가 음악실을 박차고 나가자, 앤더슨이 따라 나갔다. 그러나 잠시 후 앤더슨만이 근심이 가득한 얼굴로 혼자 돌아왔을 뿐이었다. 앤더슨은 직접 피아노 앞에 앉아 반주를 맡았지만, 수업은 평소보다 일찍 끝나고 말았다. 삼삼오오 모인 친구들은 경애가 이상하다며 수군거렸다.

'무슨 일이 생긴 걸까?'

희덕은 경애가 지금 알 수 없는 이유로 자신을 싫어하고 있더라도, 그의 잘못된 행동을 가만히 보고 있는 것은 옳지 않다고 생각했다. 희덕은 친구의 마음에 무슨 일이 벌어졌는지 알아야만 한다는 책임을 느꼈다. 저녁 시간에도 경애는 혼자 앉아 국그릇을 깨작거리더니, 음식에는 손도 대지 않은 채로 식기를 반납했다. 희덕은 기숙사로 올라가려는 경애를 계단에서 붙잡았다.

"경애야!"

반쯤 눈이 감긴 경애가 흥미 없다는 표정으로 희덕을 바라보았다.

"도대체 무슨 일이니? 너 조금 이상해."

"이상? 내가 이상해?"

경애가 기묘하게 높은 목소리로 대답하자, 희덕은 저도 모르게 뒤로 주춤 물러섰다.

"이상하긴, 네가 이상하지! 너, 우리 오빠를 좋아하잖아."

경애의 목소리가 복도를 쩌렁쩌렁 울려 지나가는 학생들이 무슨 일인지 한번씩 쳐다보았다.

"턱도 없어. 어떻게 그런 놈을! 넌 배알도 없니? 오빠는 기생 놀음에 빠졌는걸. 그래, 한번 해 볼 거면 잘 해 봐!"

희덕은 경애가 어떻게 일균에게 그런 말을 하는지 입이 쩍 벌어졌다.

"그래, 그래 봤자 너 같은 애들은 어차피 내가 없으면 우리 오빠에게 말도 못 걸지."

"야, 김경애! 무신 말을 그렇게 하노?"

그렇게 따진 것은 희덕의 뒤에 나타난 난초와 동백이었다.

"듣자 하니 그 언어가 너의 입 구멍에서 나올 평탄한 말은 아니갔디!"

"너 우리 희덕이 건들면 큰일 함 볼 끼다!"

난초는 경애의 눈앞에 주먹을 휘둘러 보였다.

"흥, 무식한 것들은 이래서 안 돼!"

경애는 발소리를 쿵쿵 내며 자리를 피했다.

"해괴망측한 녀석 같으니라고!"

동백은 울먹이는 희덕의 어깨를 감싸 기숙사 방까지 올라왔다. 희덕은 누군가 할퀴고 간 것처럼 가슴에 쓰라린 상처가 남은 기분이 들었다. 경애와 함께 놀았던 일, 같이 집에서 책을 보았던 일이 아주 오래전처럼 느껴졌다. 희덕은 잠자리에 들어 등잔을 불어 끌 때까지 하염없이 이불 한 귀퉁이로 눈물을 닦았다.

희덕이 한참 자고 일어났다고 생각했을 무렵이었다. 누군가가 희덕의 허벅지를 흔들며 속삭이고 있었다.

"얘, 희덕아!"

창밖은 아직 깜깜했다. 희덕은 발치에 있는 사람을 보고 깜짝 놀라고 말았다.

"희덕아!"

머리를 풀어 헤친 경애가 잠옷 차림으로 희덕을 깨우고 있었다. 희덕은 자리에서 벌떡 일어났다. 경애는 숨을 거칠게 쉬고 있었다.

"희덕아, 나 무서워."

경애가 울음 섞인 목소리로 속삭였다. 희덕은 낮에 그리 매몰차게 대해 놓고, 새벽에 잠을 깨운 경애가 괘씸했다.

"미안해. 정말 그런 말을 하려고 했던 게 아니야."

경애는 희덕의 발치에 앉아 흐느꼈다.

"내 몸과 입이 내 마음대로 되지가 않아. 너에게 그리 심한 말을 하려던 게 아니었어."

"그걸 내가 어떻게 믿어? 또 날 바보라 할 셈이니?"

경애는 세차게 고개를 저었다. 머리맡에 있던 기름등에 불을 붙이자, 희덕은 어둠 속에서 눈물로 범벅이 된 경애의 얼굴을 볼 수 있었다.

"사실, 요즘 밤에 아주 이상한 꿈을 꿔. 누가 날 찾아오는 꿈이야. 그런데 이제는 그 사람이 낮에도 날 쫓아오기 시작했어. 지난번엔 밤에 잠을 자다가 꿈에서 깨어 보니 학교 뒷산이었어. 너무 무서운데 나도 이게 무슨 일인지 모르겠어."

"됐어! 아침이 되면 날 놀릴 셈이지? 이상한 소문을 퍼뜨린다고 말이야."

하지만 경애의 눈은 간절했다.

"희덕아, 이제부터 내가 네가 못되게 구는 말은 진실이 아닌 걸 알아줘. 이걸 말할 사람이 너밖에 없어서 그래."

경애는 창백한 얼굴을 숙이고 소매로 눈물을 훔쳤다.

그때 희덕은 보고 말았다. 처음에는 경애의 목덜미에 붙은 벌레 두 마리를 떼어 주려고 손을 뻗었다. 하지만 그것은 벌레가 아니었고, 점도 아니었다. 그것은 상처였다. 이와모토의 목에서 본 상처. 날카로운 것에 찔려 검게 피가 배어 나온 자국이 손가락 두 마디만 한 간격을 두고 있었다.

'이건……!'

불현듯 희덕의 머리에 한 사람이 떠올랐다.

계월 선생님이 마지막까지 이런 못된 짓을 한 걸까? 희덕은 경애를 꼭 끌어안고 그의 방으로 데려다주었다. 침대에 누운 경애는 희덕이 손을 잡아 주자 금세 잠이 들었다.

'하지만 학교 안에는 선생님을 기억하는 사람이 아무도 없는데. 누구에게 이 일을 이야기한담?'

희덕은 뜬눈으로 고민하며 밤을 지새웠다. 다음 날 아침, 경애가 식당에 보이지 않아 경애와 어울리던 무리들에게 묻자, 그들은 고개를 저으며 대답했다.

"이제 우리 경애랑 안 다녀. 오늘 같이 아침 먹으려고 방에 갔더니, 다짜고짜 소리를 지르잖아. 정말 못됐어!"

희덕은 오후 예배가 끝나자마자 사감실에 외출계를 적으러 달려갔다.

"혼자서는 못 나가. 두 명씩 나가야 한다. 그게 규칙이야."

김 선생은 근엄하게 팔짱을 끼고, 외출을 허락받으려는 희덕을 내려다보았다.

"정말 급한 일이에요!"

"넌 상습적인 불량아구나. 어디 다 큰 여식이 혼자서 바깥을 돌아다니려고 하니? 얼른 올라가지 않으면 벌점을 매기겠어."

희덕은 기숙사 곳곳을 뒤지다 당직실 앞에서 경애를 발견했다. 경애는 선생님이 장식해 둔 화병에서 조팝나무의 붉은 꽃 모가지를 하나씩 떼어 내고 있었다. 희덕이 함께 외출하자고 부탁하자, 경애는 희덕을 멀뚱한 표정으로 바라보았다.

"내가 왜 너랑 밖으로 나가니?"

그래, 이럴 줄 알았어. 희덕은 두 번째 방법을 쓰기로 결정했다. 하나님, 용서하세요. 희덕은 눈을 감고 짧은 기도를 마친 후, 기숙사 건물 뒤편의 담을 넘었다. 이전에 난초가 여기는 뒷산으로 연결되어 있어, 몰래 밖으로 빠져나갈 수 있다고 가르쳐 준 곳이었다.

치마를 단단히 쥐어 잡고 산을 내려온 희덕은 최대한 빨리 걸었다. 걸음이 점점 빨라져 달리다시피 하는 희덕을 보고, 곰방대를 물고 지나가던 나이 든 이가 혀를 끌끌 찼다.

희덕이 땀을 뻘뻘 흘리며 도착한 곳은 경애네 대문 앞이었다. 일균과 화란은 무언가 알고 있을 게 분명했다. 하지만, 문제가 있었다.

'경애랑 같이 온 것도 아니고, 어떻게 일균 오라버니를 찾아왔다고 말하지?'

다짜고짜 대문을 두드릴 용기는 없었다. 나이 찬 여학생이 남자를 찾아왔다고 말하면 가족은 물론이고 동네 사람들에게까지 소문이 나서 큰 부끄러움을 당하고, 두 번 다시 이 집에 얼쩡거리지 못할 수도 있었다. 희덕은 집을 빙 둘러싼 돌담을 따라 걸으며 사랑채가 내려다보이는 언덕으로 올랐다. 그때, 사랑채의 마당과 통하는 뒷문에서 한 여성이 나왔다. 화려한 색의 옷을 입은 걸로 보아, 하인은 아니었다. 희덕은 커다란 은행나무 뒤로 몸을 숨겼다.

'앗!'

그 사람은 화란이었다. 이윽고 뒷문에서 일균도 화란을 따라 나왔다. 희덕은 당장 달려 나가고 싶었지만, 어쩐지 심각한 분위기의 화란은 일균을 뿌리치며 공교롭게도 희덕이 있는 언덕 쪽으로 올라왔다.

"자네가 아무리 애원해도 자네의 긍지에 상처만 입을 뿐일세."

화란의 목소리는 이제까지 희덕이 들은 중 가장 날카롭고, 진지했다.

"나도 압니다, 내가 당신에 비해 보잘것없는 사람이라는 걸요."

"한순간의 감정을 진실이라 착각해선 안 돼!"

일균은 화란에게 애원하고 있었다. 언제나 여유 넘치던

일균의 상상하지 못한 모습에 희덕은 움직일 수도 없었다.

"곁에 있는 것으로 만족하려 했습니다! 하지만…… 이제는 숨길 수가 없습니다. 거짓을 말하는 것도 지쳤어요. 나는 당신을 물건처럼 다루는 이들이 너무나 싫습니다."

"몇 명이나 되는 남자들이 자네처럼 내게 감정을 토로했는지! 하지만 같은 남자들에게 가서 그 말을 한 이는 그중 단 한 명도 없었다네."

"전 당신을 존경합니다. 화란!"

일균은 무릎을 꿇었다. 당황한 듯한 화란이 오히려 일균에게서 고개를 돌렸다.

"제국대학의 학생이 노래나 부르는 일개 기생을 존경한다니, 인생을 시궁창에 처박을 셈이군."

"독립운동을 후원할 단체를 만든 것도, 사람들을 모아 꾸린 것도 전부, 당신이 나의 시작점이에요. 나라의 독립을 위해 무엇이라도 하려 하는 당신의 꿈을…… 나는 함께 꾸고 싶었기 때문입니다."

희덕은 가슴이 철렁 내려앉았다.

'기생과 사랑에 빠졌다는 이야기는 허황된 소리가 아니었어!'

"나라를 위한 고귀한 일을 어찌 나 같은 기생을 위해 시작했단 말이오!"

화란의 목소리는 떨리고 있었다.

"그래서 저는 알았습니다. 당신과 함께라면 시궁창이든, 진창이든 천국이 될 수 있다는 것을요."

일균의 눈가가 붉어지고, 손이 떨리고 있었다.

"화란도 그걸 알지 않습니까."

일균은 화란의 한쪽 손을 자신의 두 손으로 쥐었다.

"제 어깨에 기대어 몇 번이나 감정을 털어놓으신 것도, 그래서가 아닙니까."

화란은 뜻밖에도 그 손을 빼내지 않았다. 화란의 표정을 본 희덕은 발이 미끄러지고 말았다.

"아얏!"

두 사람은 깜짝 놀라 희덕이 있는 쪽을 바라보았다.

"희덕아!"

얼굴이 백일홍보다 붉어진 일균은 자리에 얼어붙은 듯했다. 정신을 다잡은 화란이 희덕에게 달려와 몸을 일으켜 주었다.

"계월 선생님을 찾고 있군요?"

화란의 입에서 계월의 이름이 나오자 희덕은 왈칵 차오르는 눈물을 참기 위해 입술을 꼭 깨물어야 했다.

"계, 계월 선생님을 기억하세요?"

화란은 그것보다 당연한 일이 없다는 듯 눈을 크게 떴다.

"그럼, 당연하죠. 선생님은 지금 만주에 가려고 준비를 하고 계세요."

"급한 일이에요! 선생님이 어디에 있는지도 아셔요?"

화란은 고개를 끄덕였다.

큰 거리로 내려와 잡아탄 인력거에서도 화란은 말이 없었다. 그의 얼굴은 초조한 표정이 아니었고, 인력거가 덜컹거려 희덕 쪽으로 고개를 틀 때마다 설핏 웃어 보이기까지 했다. 하지만 화란의 얼굴에서 숨겨진 근심이 엿보인 것도 사실이었다. 희덕은 이 침묵을 깨고 머릿속에 맴도는 중요한 질문을 하고 싶었다.

"이상한 일이에요. 학교에선 선생님을 기억하는 사람이 아무도 없어요. 그 전날까지 분명 선생님이 사감실을 지키고 있었는데도 말이에요."

"선생님 같은 사람이 이 세계에서 살아가려면 그 정도의 능력은 필요하겠지요."

나도 원할 때 그럴 수 있다면 좋겠는걸요. 희덕은 화란이 중얼거리는 소리를 들었다. 희덕은 문득 화란과 계월이 어떤 사이인지 궁금해져 물었다. 화란이 잠시 뜸을 들였다.

"선생님은 내 생명의 은인이세요."

"은인요?"

계월과 가장 어울리지 않는 단어가 있다면 그 단어일 것이라고 희덕은 생각했다.

"어디 보자, 먼저 알고 지낸 건 백송이었어요. 기생 조합에서 아는 언니들이 여수댁에게 한 해 운세를 보곤 했거든요. 가수가 되기 전에 요릿집에서 일할 때였는데, 연모한다며 매일같이 쫓아오는 사람 때문에 꽤나 골치를 썩고 있었지요."

화란은 그때를 떠올리며 지금도 불쾌한 기억임을 숨기지 않았다.

"참, 보기엔 멀쩡한 사람이었는데, 완곡히 거절을 해도 듣지 않았어요. 일터에도, 집에 가는 길에도 찾아오기에 그 사람을 어찌 떼어 내면 좋겠냐고 백송에게 물었지요. 그랬더니 백송이 곧 은인이 나타날 거라며 그냥 가라는 것이었어요. 그런데 어느 날, 그 남자의 손에 어디서 가져왔는지 피스톨이 들려 있었어요. 이해할 수 있나요? 꽃을 받아 주지 않는다고 총을 가져오다니……. 이제는 웃으면서 말하지만, 정말로 무서웠어요."

"세상에, 그래서 어떻게……."

"그때 갑자기 서양식 옷차림을 한 여자가 나타나서 그자의 총을 던져 버리고 쓰러뜨렸지요."

화란은 어깨를 으쓱했다.

"그다음부턴 눈앞에도 얼씬하질 않아서, 죽었는지 어쨌는지 모르지만. 여하튼 그 여자가 계월 선생님이었답니다. 그땐 얼마나 멋이 있던지……."

그렇지 않았겠어요? 화란은 희덕에게 상냥하게 물었지만 희덕은 멍하니 듣고 있을 뿐이었다.

"선생님이 화란을 구해 줬다고요?"

"네, 그러고는 아무 사례도 원하지 않았지요. 그때 난 결심했어요."

화란은 가슴에 한쪽 손을 얹었다.

"내가 성공하게 되면, 꼭 나 같은 기댈 곳 없는 아이들을 지켜 줄 수 있는 사람이 되겠노라고. 그게 진정한 성공이라고……. 계월 선생님처럼 약한 자를 지켜봐 주는 사람이 되고자 했지요. 그게 내가 이곳에서 아이들을 데리고 있는 이유예요."

인력거는 어느 기와집 앞에 도착했다. 화란이 대문을 열자, 너른 마당이 나타났다. 분주하게 돌아다니던 여자아이들이 화란에게 깍듯이 인사를 했다. 아이들은 대부분 희덕보다 어려 보였다.

"여긴 내가 아이들과 함께 지내는 집이랍니다."

화란은 희덕을 안쪽으로 안내했다. 신기하게도, 일하는 사람 중 몇 명을 빼고는 전부 여자아이밖에 보이지 않았다. 사랑채라고 생각했던 방에는 연장자인 듯한 아이들이 다듬잇방망이로 옷감을 두드리고 있었고, 그 옆에선 책을 읽거나 거문고를 연습하고 있었다. 부엌처럼 보이는 곳에는 아주머니 곁에서 솥을 들여다보고 있는 아이들도 있었다.

"여자끼리만 살아서, 사랑채나 안채나 별채나 용도가 전부 같아요."

"모두 기생이 되기 위해 모인 아이들인가요?"

화란이 웃었다.

"꼭 그런 것만은 아니랍니다. 갈 곳 없는 애들을 도저히 두고 볼 수가 없어서 말이에요. 그런 아이들이 홀로 바깥에 나가면 어떤 일을 겪는지 내가 잘 아니까요. 가끔 이런저런 선생님도 오셔서 여러 가지를 가르쳐 주고 가시고요."

화란은 미소를 지었다.

"희덕 군도 부지런히 배워서 언젠가는 이곳에 와서 아이들을 가르쳐 주세요."

"제, 제가요?"

“그럼요. 왜 못하겠어요? 외국에는 마음대로 말을 타고 다니고, 자유연애를 하고, 글을 쓰고, 투표란 것을 해서 자기의 목소리를 내는 여자들도 있는걸요.”

화란이 또 한번 웃었다.

“내가 성공하게 된 데에는 어떤 이유가 있을 거예요. 계월 선생님 덕택에 살아남아 지금껏 돈을 번 것도……. 분명 어떤 이유가 있을 거라고 믿어요.”

일균이 곧 대문 안으로 익숙하게 들어왔다.

“계월 선생님을 따라 독립을 위해 여러 가지 일을 한 것도, 그 때문이에요.”

“선생님이…… 무얼 했는데요?”

희덕이 물었다.

“큰돈을 융통해 와서 신문을 인쇄하고, 싸우는 사람들을 지원했지요. 배곯은 사람들에겐 밥을 먹여 주고, 공부를 시켜 주는 데에 필요한 자금을 마련해 줬어요. 그러던 어느 날 갑자기 사라져서 몇 년 동안 경성에서 볼 수가 없었답니다. 내가 성공한 뒤로는, 단지 선생님이 하던 일을 이어서 하고 있었을 뿐이에요……. 그러다 일균을 만난 거예요.”

세 사람은 안채로 들어왔다. 안뜰에는 단풍나무가 자라고 있어 자그마한 마당에 서늘한 그늘을 드리웠다. 신을 벗고 대청마루에 올라선 화란이 문을 열자 백송과 함께 있던 계월이 희덕을 보고 벌떡 일어났다.

“어, 어찌된 일이야? 네가 여기 어떻게?”

희덕은 울 것 같은 기분이 들었다. 계월은 좀 더 짧아진 머리에, 깨끗한 검은 바지를 입고 있었다.

“어떻게…… 분명 내가 모든 사람들의 기억을…….”

백송은 평소엔 보기 힘든 계월의 낯빛을 보고 낄낄낄 웃고 말았다. 희덕은 계월의 눈을 간절하게 쳐다보며 말했다.

“선생님, 경애가 이상해요. 제가 알던 친구가 아닌 것만 같아요.”

희덕은 울상을 지었다.

“밤마다 누군가 꿈속에 찾아온다고 하는데……. 그보다 중요한 건 제가…… 경애의 목에 뚫린 구멍 두 개를 봤어요.”

계월의 표정이 순식간에 어두워졌다.

“그건…… 흡혈마가 되어 가는 과정이야.”

일균의 얼굴이 점점 일그러졌다.

“틀림없이…… 백작의 짓이야.”

인간 문제

한동안 방 안에 있는 그 누구도 말을 잇지 못했다. 침묵을 깬 것은 희덕의 울음 섞인 목소리였다.

"경애는 이제 어떻게 하면 좋아요?"

"다 내 탓이야."

일균이 고통스러워하며 고개를 숙였다.

"나 힘든 것에 취해 경애가 어찌 지내는지도 몰랐어. 내가 아버지에게 너무 맞서서 경애가 많이 혼란스러웠던 게 분명해."

"하지만 정말 백작인 게 확실한가요? 경애는 기숙사에서 지내는데 저는 아무 소리도 듣지 못했는걸요."

"흡혈마는 최면을 걸 수 있다는 거 모르니? 그리고 외로움에 마음이 약해진 인간이라면 희생양이 되기 쉬우니까……."

계월은 입을 다물었다. 세상이 무너지는 듯한 희덕의 표정을 보고 자기가 흡혈마가 되었을 때도 이렇게 슬퍼해 준 사람이 있었을지 궁금해졌다.

"내가 경애만 잘 살폈어도……."

"정신 차려야 해요. 이제부터 경애를 구할 계획을 세워야 하니까요."

화란이 일균의 말을 잘랐다.

곰곰이 생각하던 계월이 말을 꺼냈다.

"다행스럽게도 아직 완전히 흡혈마로 변하진 않은 것 같아. 아마 백작이 경애가 자신에게 빠져들도록 조종하는 중일 거야. 하지만 마음을 전부 흡혈마에게 맡긴 인간이, 그의 피를 마시게 되면…… 그땐 돌이킬 수 없어."

"돌이킬 수 없다는 건……."

계월이 잠시 숨을 고르고는 천천히 입을 열었다.

"방법은 하나뿐이야."

희덕이 화란의 집에서 돌아온 다음 날, 같은 층의 아이들이 혼비백산하는 소동이 일어났다. 모두 잠든 새벽녘, 홀로 복도에 나온 경애가 기괴한 소리를 지르며 뛰어다녔던 것이다. 이튿날은 열이 끓어 눈도 제대로 뜨지 못해, 경애네 아버지의 자동차가 학교 운동장 안까지 들어와 선생님의 부축을 받은 경애를 데리고 갔다.

"이번만큼은…… 당신을 믿을 수밖에 없겠군요."

동생을 침대에 겨우 누인 일균이 말했다. 계월은 그의 옆에 서서 경애의 잠든 얼굴을 관찰했다. 무슨 일이 생길지 알지 못하는 평화로운 얼굴이었다.

"어찌될진 나도 몰라. 그러니 기대하지 마."

"……그가 당신을 흡혈마로 만든 사람이라지요?"

계월은 고개를 끄덕였다.

"부디 당신의 힘이 더 강하길 바라겠습니다. 그럴 거라고 믿고요."

일균은 아무것도 할 수 없는 자신을 받아들인 채 방문을 닫고 나갔다.

계월은 처음 만났을 당시, 그저 병든 외국인 병사에 불과했던 백작을 떠올렸다. 그리고 항상 어디론가 도망치고 싶었던 자신을. 백작에게 이용당하는 줄도 모른 채 그를 따랐던 과거의 자신을 용서할 수 없었다. 수첩에 적힌, 같은 처지였던 백작의 동료들은 다들 어디로 간 걸까? 목숨은 붙어 있을까? 죽기 직전까지 고통을 받게 될까? 계월은 아직도 자동차 헤드라이트 같은 강한 빛을 보는 것이 두려웠다. 실험실의 조명을 떠올리게 하기 때문이었다. 백작은 자기 나라의 상인들이 저 먼 더운 나라의 사람을 노예로 사고팔았던 것처럼 스스로 피를 주어 만들어 낸 수많은 흡혈귀를 사고팔았다.

백작과의 질긴 악연을 이제는 끊어 내야 할 때였다. 그의 속셈을 알아차린 이상, 계월은 더 이상 자신과 같은 피해자가 생기게 둘 수 없었다.

'내가 할 수 있을까?'

언제나 백작의 명령을 듣기만 하던 계월이었다. 계월은 산장에서 확인한 백작의 여전한 힘을 떠올리자 무턱대고 경애를 구하리라 나선 자신의 모습이 바보스럽게 느껴졌다. 계월은 곤히 잠든 경애의 얼굴을 바라보았다.

'하지만 그와 맞설 만한 사람은 나밖에 없어. 해내야만 해.'

지난번처럼 건물이 부서질 수도 있으니, 단숨에 그를 노려 숨통을 끊어야 한다. 계월이 그런 다짐을 하던 찰나, 장지문이 드르륵 소리를 내며 열렸다.

"임희덕!"

잔뜩 울상을 지은 희덕을 데려다준 일균이 어색하게 말

했다.

“희덕이가 꼭 같이 있어야겠다고 해서, 어쩔 수 없이…….”

‘도대체 이 여자애는 어째서 무서운 줄도 모르고 날 계속 쫓아온담?’

“저도 같이 있게 해 주세요, 제발요.”

“너, 곧 저녁 점호가 있을 시간이잖아. 여기 나와 있어도 되는 거니?”

“언니들이 몰래 둘러대 주기로 했어요. 이것만큼 중요한 일은 없으니까요.”

“너도 산장에서 백작이 얼마나 위험한 자인지 봤잖아! 왜 이렇게 겁이 없니?”

계월은 희덕의 당돌함이 당황스러웠지만 희덕의 표정은 단호했다.

“아직도 손이 차갑네.”

희덕은 경애의 손을 꼭 잡았다.

“경애가 이렇게 된 데에는 얘기를 들어 주지 못한 제 잘못도 있어요. 그러니 경애를 끝까지 지켜보겠어요.”

경애를 바라보던 희덕이 물었다.

“그런데 경애가 정말 선생님처럼 되나요? 언젠가는 경애를 알던 사람들도 경애를 잊어버리게 되나요?”

"네가 잊지 않으면 되지."

'너는 나도 잊어버리지 않았잖아?'

계월은 생각했다. 이 애는 자기가 얼마나 특별한 능력을 타고났는지 알고는 있는 걸까?

자신도 누군가 이야기를 들어 주는 사람이 있었다면……. 누군가 자신을 진정으로 걱정해 주는 사람이 단 한 명이라도 있었더라면 이런 몸이 되지 않을 수 있었을까? 계월은 잠시 생각에 잠겼지만, 돌아보기엔 이미 너무 오래전의 이야기였다.

"이리 와, 백작이 오기 전에 몸을 숨겨야 해."

경애의 방에는 일군이 겨울 이불과 잡동사니를 깨끗이 비워 준 커다란 자개장이 있었다. 희덕과 계월은 그 안에서 몸을 쭈그렸다. 둘이 들어갈 만한 공간은 되었다.

"그는 귀가 밝아 소곤거리는 소리도 들을 수 있으니 입을 다물고 숨소리도 내지 마."

희덕이 고개를 끄덕였다. 둘은 장의 문을 경애가 겨우 보일 만큼만 열어 놓고, 개구리 울음소리에 귀 기울였다. 누워만 있는 경애를 살짝 열린 문틈으로 바라보던 희덕이 숨을 크게 들이쉰 순간이었다. 경애가 갑자기 눈을 번쩍 뜨고, 무언가에 이끌리듯 일어섰다. 그러더니 창 쪽으로 다가가 커튼을 젖히고, 창문을 연 채 두 팔을 벌려 주문을 외듯 소리쳤다.

"백작님, 제발 제게 와 주세요. 피의 노예는 군주의 도움이 필요합니다!"

손으로 입을 가린 희덕은 경애가 깜깜한 창밖을 향해 반복하는 외침을 가만히 듣고 있었다. 계월도 미동 없이 그 광경을 바라보는 듯했다.

그때, 이마의 솜털을 세우는 찬 기운이 어둠 속에서 흘러들어왔다. 연기를 피운 듯 방 안이 자욱해졌고, 계월의 몸이 긴장으로 딱딱하게 굳는 것이 희덕의 등 뒤로 느껴졌다.

연기는 서서히 걷혀 방 안의 윤곽이 다시금 드러났다. 아까까지만 해도 없던 키가 큰 남자가 마술사처럼 등장해 경애의 곁에 서 있었다. 눈에 띄게 오뚝한 콧날과 각이 잡힌 바짓단, 지저분한 모래흙은 밟아 본 적도 없을 듯한 구두를 신은 백작이었다. 검고 윤기 나는 머리를 뒤로 깨끗하게 빗어 넘기고, 조끼까지 갖춰 입은 양복 상의에는 값나가 보이는 붉은 브로치가 달려 있었다.

백작은 경애의 머리를 몇 번 쓰다듬더니, 곧 능숙하게 주문을 걸었다.

"나의 종이여, 피에 굶주린 가녀린 나의 종이여! 그래, 나는 네게 원하는 것을 주겠다. 그것은 자유이니라!"

경애는 백작을 홀린 듯이 바라보고 있었다. 그가 경애의 어깨를 잡고 붉은 입술을 쩍 벌렸다. 그러자 상아색을 띤 길고 뾰족한 송곳니가 드러났다. 저 가지런한 입술에 숨겨져 있으리라 믿기지 않을 만한 크기였다. 백작의 혀에서 붉은 피가 흘러나왔다. 백작이 경애의 입술을 손가락으로 벌려 그 핏방울이 입속으로 떨어질 찰나, 자개장의 한쪽 문이 큰 소리를 내며 부서지고 말았다.

"오메 오메 오메!"

희덕은 굴러떨어지듯 백작에게 달려들었다.

"내 동무랑 고렇고 고런 짓은 나가 용서를 모 더, 이 느자구 없는 놈아!"

희덕은 백작이 자신의 사투리를 알아들었을진 모르겠지만, 그를 당황시키긴 한 모양이라고 생각했다. 백작이 가볍게 신음을 뱉으며 뒤로 물러섰기 때문이었다. 하지만 그가 한 손으로 밀치자, 희덕은 간단하게 방구석으로 나가떨어지고 말았다.

백작의 시선이 자개장에서 나오는 계월에게로 꽂혔다. 그는 이제야 알겠다는 듯 흐트러진 머리를 뒤로 쓸어 넘겼다.

"전부 네가 꾸민 일이군, 스칼렛. 그렇게까지 나를 독차지

하고 싶은 건가?"

계월은 코웃음을 쳤다.

"그래, 너는 언제나 시샘이 많았지. 내가 너의 소원대로 조선을 떠나게 해 주었던 걸 잊지 마."

"그 보답으로 비싼 값을 받아 가셨던데."

"난 자유를 원하는 이에게 자유를 줄 뿐이야. 이제 와서 떼를 쓰면 곤란해."

"넌 그저 돈에 눈먼 사기꾼일 뿐이야."

"감히 죽음의 굴레에서 벗어나게 해 준 스승에게 그런 무례한 말을 하다니."

백작은 분노해 몸을 떨었다. 계월이 달려들려 했지만, 그는 계월도 한 손으로 밀쳐 내 버렸다. 혀를 찬 백작은 계월에게 다가가 머리에 손을 올렸다.

"좋은 기억만 떠올리게 해 주마."

이마에 못을 박는 듯한 강한 통증과 함께 어둠 속에 묻어 두었던 기억이 하나둘 끄집어내졌다. 사지는 실험실 침대에 묶여 꼼짝하지 못했고, 아무리 힘을 써도 쇠사슬을 끊는 것은 무리였다.

"움직일 수가 없어."

계월이 중얼거렸다.

"그래, 움직일 수가 없지?"

실험실의 흰 천장만 바라보고 있던 계월은, 어딘가 저 멀리서 백작이 킬킬킬 웃는 소리가 어렴풋이 들려온다는 생각이 들었다.

"선생님!"

누군가 뺨을 꼬집었다.

"선생님!"

계월의 눈앞에 실험실의 안경 낀 남자들이 아닌, 작은 조선인 여자애의 얼굴이 보였다.

"그때 스칼렛과 함께 있던 아이로군."

백작은 그제야 희덕이 산장에서 보았던 아이임을 알아보고 두 사람이 무슨 사이인지 가늠해 보는 것 같았다. 희덕은 백작이 자기를 아까처럼 내동댕이칠까 벌떡 일어나 뒤로 물러났지만, 백작은 미소를 띠고 천천히 다가왔다.

"하나보단 둘이 낫지. 안 그래?"

백작이 하얗고 긴 송곳니를 드러내며 웃었다. 사람을 안심시키기는커녕 간담을 서늘하게 만드는 미소였다. 어느새 경애도 백작의 옆에서 텅 빈 눈으로 중얼거렸다.

"그래, 희덕아. 우리 함께 백작님을 따르자."

"설마 친구를 외롭게 하진 않겠지? 너처럼 착한 아이가 말이야."

'저건 진짜 경애가 아니야!'

희덕은 뒷걸음질 치다 경애의 책상을 건드렸다. 필통이 넘어지며 어쩐지 익숙한 감촉의 길고 얇은 물건이 손에 닿았다. 어느새 백작의 붉은 눈동자가 희덕의 코앞에서 얼굴을 응시하고 있었다.

"저 다 죽어 가는 흡혈마보단 나와 함께하는 것이 좋을 게다. 네가 원하는 것을 나는 무엇이든 줄 수 있어!"

"희덕아, 너도 백작님과 함께 가자."

경애의 목소리는 녹음된 소리처럼 생기가 없었다. 희덕은 마음이 무너지는 듯했다. 간신히 정신을 차린 계월의 눈에 한 발짝, 한 발짝 백작에게로 향하는 희덕이 보였다.

"안 돼!"

팔을 그리 크게 휘두르지는 않았다. 오른팔에 체중을 실어 내리꽂았을 뿐이었다. 다행인 점은, 백작의 가슴께까지밖에 오지 않는 희덕이 휘두른 경애의 은장도가 그의 탄탄한 빼대나 가슴을 맞고 튕겨 나간 것이 아니라 배의 한복판에 꽂혔다는 것이다. 백작은 놀랍게도 뒤로 나동그라졌다.

희덕을 품에 안으려 하던 백작이 짧은 비명을 질렀다. 명치께에 은장도가 박혀 있었다. 희덕의 손가락만 한 길이였지만, 단단히 꽂혀 있는 게 계월의 눈에도 보였다.

"빌어먹을!"

희덕은 놀라 뒷걸음질 쳤다.

백작은 투덜거리며 칼을 잡아 뽑아내려고 했다. 하지만 그 작은 칼은 마치 말뚝이 박힌 듯 꿈쩍도 하지 않았다. 백작은 당황해 희덕을 다시 한번 쳐다보았다.

"설마……."

은장도가 꽂힌 자리에서부터 백작의 옷과 살이 허옇게 변해 모래가 떨어지기 시작했다. 그의 매끈한 얼굴이 일그러졌다.

칼의 정체를 깨달은 백작의 창백한 안색이 점점 붉으락푸르락 변해 갔다. 이빨을 드러낸 백작이 희덕을 덮치려 했지만, 가까스로 뻗은 계월의 팔에 다리가 걸려 넘어지고 말았다.

"감히 네가! 감히!"

희덕은 눈이 벌게진 백작이 알아듣지 못할 욕설을 내뱉으며 뒹구는 모습을 보고 손을 입에 가져다 대고 말았다.

머리카락 끝까지 하얀 모래알로 변한 백작은 마지막으로 기묘한 비명을 질렀다. 모래알은 잠시 형태를 유지하는가 싶더니, 그대로 재가 되어 바닥에 흩어졌다. 그때, 강한 돌풍이 불어 바깥의 장독대가 부서지는 소리가 들렸다. 방 안에 있던 소품들이 바람에 날려 창문이 깨졌다. 희덕은 눈을 꼭 감고 머리를 부여잡았다. 바람이 잦아들자, 몇 줌의 재가 된 백작은 흔적도 없이 사라진 후였다.

희덕은 한동안 그 자리에 얼어붙어 있었다. 계월의 머리가 엉망으로 헝클어져 하늘로 솟아 있었다.

"경애야!"

바닥으로 쓰러진 경애의 창백한 얼굴에 다시 평안한 혈색이 돌아왔다.

"내가…… 무슨 짓을 한 거지?"

희덕이 떨리는 손을 진정시키기도 전에, 마당이 소란스러워졌다. 일균이 다급하게 방문을 열고 들어와, 무슨 일이 벌어졌는지 물었다. 경애가 무사한 것을 확인한 일균은 계월에게 몇 번이고 고개를 숙였다.

"내가 아니라, 희덕이가 구했어."

얼굴이 상기된 일균이 희덕에게 그게 정말이냐고 놀라워했다.

"참, 아까 들린 비명 때문에 경찰이 집에 와 있어."

"겨, 경찰요?"

"별일 아니야. 원래 가끔 순찰을 돌러 오니까. 어서 뒷문으로들 나가."

"경애는……."

"경애는 괜찮을 거야."

계월이 희덕의 팔을 붙잡았다.

"경애에게는 비밀로 할게. 네가 학교를 빠져나온 걸 알면 걱정할 테니 말이야."

일균도 희덕을 안심시켰다.

"아니요, 제가 간밤에 찾아왔다고 해 주세요. 경애는 아마 재미있어 할 거예요."

일균은 고개를 끄덕이며 웃었다.

어둠이 깔린 골목에는 초가집 사이로 불빛이 드문드문 흔들리고 있었다. 고요한 여름밤에 냇물 흐르는 소리와 저 멀리서 야경꾼이 딱따기를 치며 돌아다니는 소리만이 들렸다. 멍한 표정으로 계월의 뒤를 따라 걷던 희덕은 손바닥을 펴 보았다. 아무리 흡혈마라지만, 방금 전까지 말하고 움직였던 무언가를 찔렀던 감각이 생생히 살아나 몸이 떨렸다.

"어차피 산 사람도 아니었어."

희덕의 벌렁거리는 심장 소리를 듣기라도 한 것처럼, 계월이 후련한 듯 내뱉었다. 하지만 사실 계월도 어쩐지 헛헛한 느낌은 지울 수 없었다.

'나를 흡혈마로 만든 사람을 죽여도 딱히 나의 어딘가가 변하는 것은 아닌가 봐.'

희덕은 대담한 일을 해치운 아까의 모습과는 달리 계월의 눈치를 쭈뼛쭈뼛 살폈다.

"죄송해요."

"무엇이?"

"그래도 오래 알고 지내던 사람이었는데, 제가 죽…… 아니, 없애 버렸잖아요."

계월은 길가에 있는 돌멩이를 찼다.

"누군가는 해야 할 일이었어."

"이제 정말로 만주에 가시나요?"

"그래."

"……거기에 가면 정말 안전한 건가요?"

"적어도 여기보단 나으리란 걸 알아."

희덕은 한동안 아무 말 없이 계월의 뒤를 따랐다.

"화란이 그러는데, 누구나 살아남은 데엔 이유가 있을 거래요."

“그런 말을 했어?”

“계월은 살아남았잖아요. 그러니까 지금부터 그 이유를 만들어 나가요.”

계월이 말이 없자 희덕은 자신이 계월에게 어리석게 들릴 만한 말을 한 걸까 싶어 손바닥으로 입을 두드렸다.

“미안해할 필요 없어.”

계월의 목소리에는 힘이 들어가 있었다.

“이런 일엔 사과하지 않아도 돼.”

희덕은 눈을 비볐다. 흘긋 보인 계월의 옆얼굴에 희덕이 처음 보는 미소가 걸려 있었기 때문이었다.

샘물과 같이

조례 시간 전, 강당 뒷문에 나타난 경애를 보고 희덕은 덜컥 겁이 났다. 하지만 경애가 예전처럼 빠른 발걸음으로 다가와 자신의 팔을 다정하게 잡자 너무나도 반가운 마음이 들었다.

"어제 우리 집에 왔었다며? 희덕이 너도 불량소녀 다 됐구나."

여느 때와 같은 맑은 눈동자의 경애가 허리를 젖혀 웃었다. 그 때문에 앤더슨이 눈초리를 줬다.

"내가 집에서 요양을 할 만큼 아팠다는데, 영 기억이 없지 뭐야."

경애는 선생님 몰래 귓속말을 했다.

"차라리 기억하지 않는 게 좋은 것도 있어."

희덕은 웃었다.

꽃들은 흐드러지게 피었다. 학교에는 조선인 선생님들 몇 명이 제각각의 이유로 학교를 그만두어 아이들에게 작별을 고했다. 그 빈자리는 일본인 선생님으로 채워져, 이제는 점점 쉬는 시간에도 선생님의 눈치를 보느라 조선말을 하기가 어려워졌다.

매미가 아침저녁으로 우는 더운 날씨가 시작되자 학생들은 학기말 시험 준비보다도 방학 계획을 세우느라 바쁜 나날을 보냈다. 고학년 중에는 선교사 캠프를 따라 농촌의 아이들을 가르치러 가는 학생도 있다는 소문이 돌았다.

"아마 다른 학교 여학생들도 참가할 거야."

이야기는 한 방에서 다른 방으로 이어졌다.

"가고 싶은 학생들은 4학년 B반의 황철영에게 가서 이름을 적도록 해."

희덕은 방학 동안 고향 마을로 가서 호롱불을 켜고, 책이라고는 구경할 수도 없는 아이들에게 글자를 가르쳐 주는 모습을 떠올렸다. 그리고 부모님에게도. 그러면 글을 모르는 부모님과도 편지를 주고받을 수 있을 터였다.

사감 선생이 방으로 들어가려는 희덕을 불러 세웠다. 고향에서 온 편지는 이미 봉투가 뜯어져 사감 선생의 확인을 거친 후였다. 주소는 자신을 제외한 가족 중 유일하게 글자를 쓸 줄 아는 언니의 필체로 적혀 있었다. 희덕은 서둘러 방으로 들어왔다. 봉투는 몇 달 만에 딸에게 보낸 편지라기엔 부피가 꽤나 얇았다.

희덕에게

올 초에 아버지가 남아 있던 논을 판 것은 너도 알고 있으리라 생각한다. 관청에 사람들이 바뀐 이후로 일본인들에게만 곡물 창고를 임대해 준다고 해서, 싼값에 쌀을 전부 내놓는 바람에 아버지는 소작농 일을 시작하게 되었다. 희덕이 네 학비를 낼 수 있는 형편이 안 되니 내려오길 바란다.

그 대신, 아주 좋은 소식이 있단다. 너를 데려가겠다는 혼처가 있다. 너도 아는, 마을 어귀 감나무댁 선생의 아들이란다. 나이는 너보다 여덟 살이 많지만, 다행히 학교에 다닌 여성이라도 아내로 괜찮다 하는구나. 요샌 여자가 학교에 다니면 혼처를 찾는 것도 퍽이나 어려운 일이라던데 이 얼마나 기쁜 일이니. 이제부터 배워야 할 것들이 많단다. 학교에선 잡다한 걸 가르친다고야 하겠지만 농촌 생활에서 쓸 만한 것들은 이곳에서 배워야 하니 짐을 정리하고 고향으로 돌아오렴.

희덕은 눈을 끔뻑이고 편지를 다시 천천히 읽었다. 결혼이라니? 편지를 품 안쪽에 깊숙이 넣은 희덕은 비틀거리며 계단을 내려갔다. 아직 자신에게 생소한 단어라 여겼기에 누구에게 상담을 해야 좋을지 알 수 없었다. 학교를 다니다 소리 없이 자취를 감추는 언니들이 종종 있었다. 단이처럼 결혼 후까지 학업을 이어 가는 경우는 흔치 않았다.

수업이 시작하고 나서도 결혼이라는 단어는 머리에서 떠나지 않았다. 심지어 흡혈마니, 백작이니 하는 단어들보다 훨씬 멀게 느껴지기까지 했다.

사이토 선생은 아이들의 원기를 북돋우기 위해 무조건 칭찬하는 방식을 선택했는지, 희덕이 만든 형태를 알 수 없는 제비꽃을 보고도 박수를 쳐 주었다. 그러나 희덕의 안목으로도 정신이 다른 데 가 있는 상태에서 완성한 자수는 영 형편없었다.

그때, 수업 중임에도 조선인 선생님이 교실 안으로 들어와 경애를 다급하게 불렀다. 어리둥절한 표정으로 교실을 나간 경애는 수업이 끝나고도 다시 돌아오지 않았다. 함께 식당에 가려고 기다리던 희덕은 기숙사 현관에서 눈물범벅이 된 얼굴로 다급히 짐을 챙기는 경애를 발견했다.

"희덕아!"

같은 방 언니들이 경애를 딱한 듯 위로해 주고 있었다. 경애는 희덕을 보자 달려가 손을 잡았다.

"일균 오빠가, 경찰에 잡혀갔대."

화란의 사랑채는 아이들 대신 매캐한 담배 연기로 가득 차 있었다. 일균이 부단장으로 있는 단체 신영회 사람들이 화란의 집에 모여 회의를 하는 탓이었다. 계월은 사랑채 옆 골방에서 닫힌 장지문 너머로 남자들의 목소리를 듣고 있었다.

"일균, 자네가 기생과 이리 밀접하게 내통하고 있는 줄은 몰랐는데."

한 중년 남성의 목소리가 일균을 나무라듯 말했다.

"그동안 자네 아버지 덕에 잡혀가는 걸 막을 수 있었을 텐데, 그도 이제 통하지 않는가 보아."

"경찰이 자네를 체포한 게 방에서 발견된 코뮤니스트 책 때문이라는데, 자네도 자네가 요주의 인물이라는 거, 알고 있지 않았나."

"네, 알고 있습니다."

경찰에 시달리다 오늘 아침에야 풀려난 일균의 목소리는 쉬어 있었다.

"신영회의 이야기를 할까 봐 큰 걱정을 했네."

"일균이 그럴 리가 없습니다."

화란의 목소리였다. 방 안에 있던 사람들은 한동안 말이 없었다.

"화란, 그동안 자네가 일균을 통해 신영회에 자금을 대 주고 있었단 사실은 기특하지만 지금은 아주 중요한 일이니 우리끼리 이야기하게 해 주게."

점잖은 목소리가 느릿느릿 말했다. 계월은 눈썹을 찌푸렸다.

"제 정체가 밝혀진 이상, 금전적인 상황을 직접 말씀드리고 싶어요."

화란은 방 안에 있는 사람들에게 앞으로의 계획을 비롯해 자신이 융통할 수 있는 돈의 한도와 쓰임을 설명해 주었다. 그 말을 듣던 중 한 남자가 화란의 말을 잘랐다.

"만주에 2천 원이나 보낸다고?"

"네."

"꽤 큰 금액인데."

"그동안 여성 단체에서 모아 온 돈이에요. 만주를 개간하는 동포에게 보내려고요."

잠시 웅성거리는 소리가 이어지더니 그중 한 목소리가 결론을 내렸다.

"그렇다면 이 의연금은 우리 신영회의 이름으로 전달하겠네."

"그건 곤란합니다."

"곤란하다니?"

화란의 입에서 예상치 못했던 단호한 대답이 나오자 방 안이 술렁거렸다.

"이 돈은 가지고 가야 할 사람이 따로 정해져 있어요."

계월은 화란이 최대한 자신의 정체를 숨겨 주려 빙빙 돌려 말하는 것을 알 수 있었다. 기와집 한 채를 넉넉히 살 수 있는 돈에 사람들은 꽤나 동요하는 듯했다. 그 와중에 간간이 한숨을 쉬는 소리도 섞여 들려왔다.

"지금 집중해야 할 곳은 상해와 하와이야!"

그중에는 방바닥을 두드리며 강하게 주장하는 이도 있었다. 화란이 물러서지 않자, 또 다른 쉰 목소리가 말했다.

"거기에 돈을 보내는 건 일균의 의견인가?"

화란은 또다시 그들이 원하는 답을 주지 않았다.

"아니요, 제 뜻입니다."

"그렇다면 더 들을 게 없겠구먼……."

계월은 방 밖으로 나와 신선한 공기를 마셨다. 들을 게 없는 것은 이 회의 그 자체였다.

계월은 마당에서 서성였다. 방 안에서는 여전히 설전이 벌어지는지 서로 말을 가로막으며 대화가 이어졌다. 계월은 더 이상 자신의 일로 화란에게 피해를 주고 싶지도, 신세를 지고 싶지도 않다는 생각이 들었다. 화란이 거두어야 할 사람들은 따로 있지 않은가.

'가지 않는 게 옳은 일인지도 몰라.'

계월은 이곳 경성에도, 머나먼 만주에도, 자신이 있을 자리는 없다는 생각에 문득 쓸쓸해졌다.

그때, 대문이 열렸다. 희덕이 고개를 빼꼼 내밀었다.

"선생님!"

계월은 말간 희덕의 얼굴을 보자 어두웠던 마음에 투명한 햇살이 비치는 듯했다.

"어쩐 일이야?"

"저희 오빠 여기에 있나요?"

희덕을 따라 들어온 경애가 또랑또랑한 목소리로 외쳤다. 마치 이리 오너라, 하고 안쪽에 있는 사람들을 불러내는 것 같았다. 그 목소리를 듣고 사랑채에서 화란이 나오자 경애가 물러섰다. 화란의 뒤로 일균이 따라 나왔다.

"오빠!"

호되게 야단치는 동생의 목소리에 당황한 일균은 입에 손을 대어 조용히 하라는 표시를 했다. 그러나 경애는 감옥에서 나와 동생인 제게 아무런 연락이 없던 일균에게 이미 몹시 화가 난 상태였다.

"오빠는 내가 아무것도 모르는 줄 아는구나! 오빤 내가 얼마나 걱정하는지도 모르지? 난 다 알아. 오빠가 뭘 하다 경찰에 잡혀갔는지도 알고, 누구와 가까이 지내는지도 안단 말이야."

희덕은 아랑곳하지 않고 제 할 말을 다 하는 경애가 새삼 대단하다는 생각이 들었다. 얼굴이 핼쑥해진 일균은 경애에게 사과했다. 더 이상 어리지만은 않은 동생의 일침에 자신이 하는 일을 숨기지 않기로 결심한 일균이 희덕과 경애를 데리고 들어오자 일고여덟쯤 되는 중년 남자들이 놀란 기색이었다. 희덕은 지난번에 왔을 때 대청마루에서 놀던 아이들은 어디로 갔는지 궁금했다.

"믿을 만한 친구들입니다. 제 동생, 그리고 동생과 같은 학교에 다니는 동무입니다."

탐탁지 않아 하는 신영회의 사람들을 마주하고, 희덕은 경애 옆에 딱 붙어 앉았다. 희덕은 계월이 들어오지 않은 것이 이상하다고 생각했다. 화란의 말에 따르면, 그동안 계월이 한 일은 정체 모를 마음씨 좋은 누군가가 한 일로 취급되어서는 안 되었다. 그러나 희덕은 계월이 얼마나 자신을 드러내길 원치 않는지, 조금은 알 것 같기도 했다.

"진짜 중요한 건 따로 있지."

남자가 주먹을 흔들었다. 화란이 이야기를 이어 갔다.

"하지만 여자아이들을 보호하는 것도 중요해요."

"그래, 자네가 기생 학교를 세우려 한다는 건 알고 있네."

"꼭 기생만이 들어오는 학교는 아니에요."

"그렇다면 왜 여자아이만 보호하고 있나?"

"그건……."

"그건 화란의 뜻입니다."

일균이 발끈해 맞섰다.

"기생으로 키워 나중에 돈을 요구할 셈인가? 위험한 짓이 아닌가 생각되는군."

"그렇지 않으면 왜 여자아이들만 모으는 것인지 모르겠네. 자네가 정말 정의롭다면 가난한 민족 동포들을 전부 챙겨야 하지 않는가."

"자자, 조용히 하게. 아리따운 숙녀 앞에서 언성을 높이면 안 되지."

머리가 희끗희끗한 남성이 얼굴을 잔뜩 찌푸리고 있는 경애를 보며 말했다.

"하지만 아까 이야기는 다시 생각해 보게. 돈을 누가 전한단 말인가? 그 사람이 정말 믿을 만한 사람인지, 아닌지는 지아비가 누구인지를 보고 알 수 있는 법이네."

"그 사람은 지아비가 없습니다."

"보증해 줄 사람이 없다라……. 그렇다면 누구의 딸인고?"

희덕이 대답했다.

"그분은 단지 그 자신일 뿐이에요."

희덕은 그들의 대화를 들으며 그 사람들이 원하는 바가 무엇이고, 어떤 대답을 기대하는지 대강은 짐작할 수 있었다. 하지만 계월에게 중요한 것이나, 희덕에게 중요한 것들은 조금 다른 것이리라. 그것을 그들은 절대 알아차릴 수 없고, 설명해 보았자 알고 싶어 하지 않을 것이라는 확신이 들었다.

'하지만…….'

'하지만', 희덕은 계월을 생각할 때마다 그 단어를 떠올렸다. 계월의 존재가 세상에서 언제나 예외로 취급되었듯, 그의 중요성도 예외로 쳐 주어야 공평한 것이 아닐까. 대화가 이어지는 내내 마당을 천천히 거닐며 사람들이 정해 줄 대답을 기다리고 있는 계월의 발소리가 희덕의 귀에는 들렸다.

그러자 희덕의 가슴속에서 어떤 의지가 고개를 들었다. 그리고 희덕은, 더 이상 자신을 의심하지 않기로 마음먹었다.

"그럼 제가 그 사람과 같이 떠날게요."

모두가 놀라 희덕을 돌아보았다.

"그렇게 믿지 못하시겠다면, 제가 따라가 보겠어요. 그리고 돌아와서 생각하신 게 틀렸다고 보증해 드릴게요."

남자들은 입을 벌렸다.

"아니, 여학생이 어찌 그런 험한 선택을 하려고 그러나."

화란은 슬쩍 미소를 지었다. 가장 연장자로 보이는 사람이 일균과 희덕, 그리고 화란을 번갈아 보고는 수염을 연신 쓰다듬었다.

"그래, 일균이 보장하는 여학생이 동행한다면…… 더는 말릴 수 없겠구나."

그 말에 몇몇 사람들은 콧김을 내뿜기도 했지만 더 이상 토는 달지 못했다.

"참…… 요즘처럼 여학생들도 교육이랍시고 배우게 하는 게……. 도대체 그리 좋지만은 않은 것 같단 말이지!"

누군가 혀를 차며 중얼거렸다.

*

앤더슨은 여느 때와 같이 수수한 브로치에 검소한 고동색 긴 치마를 입고 희덕을 맞았다. 앤더슨이 자신을 찾아온 학생에게 내어 주는 미국 비스킷을 한 입 베어 문 희덕은 앤더슨의 사무실에 좀 더 자주 찾아올걸 하는 후회가 들었다. 희덕은 붉고 따듯한 차까지 마신 후에 하고 싶은 이야기를 털어놓았다. 언제나 상냥한 표정의 앤더슨이 처음 보는 근엄하고 무서운 표정을 지었다.

"안 돼요!"

"네?"

만주에 다녀온다고 솔직하게 밝힐 수 없어 가족 방문을 위한 몇 주간의 외출을 허락해 달라는 말을 한 참이었다. 그러나 앤더슨은 단호한 표정으로 반대했다.

"희덕 학생이 집으로부터 편지를 받았다는 이야기를 들었습니다."

앤더슨은 한숨을 쉬었다.

"결혼은, 학교를 1학년이라도 마친 다음에 하러 내려가도록 하세요. 학업을 이어 가고 싶어 하는 학생들 중에서도 결혼을 하면 학교에 영영 돌아오지 않는 경우가 아주 많아요. 그들의 삶이 어디로 가는지 알 길이 없습니다."

희덕은 얼굴을 붉혔다.

"그게 아니에요! 저는 다른…… 다른 일이에요."

"그래요? 다른 일이라니?"

"저는…… 제가 선택한 대로 살고 싶어요. 그리고 그 전에 어떤 선택을 할 수 있는지 더 알고 싶기도 하고요. 그래서 잠깐 새로운 곳에 다녀오려는 거예요. 그뿐이에요."

앤더슨은 손을 올려 가슴을 쓸어내렸다.

"그렇다면 다행입니다. 우리 인생에는 언제나 도전이 필요하지요. 희덕의 도전을 위해 기도합시다."

희덕은 손을 모으고 눈을 감았다. 하나님께 부디 경성에 있는 흡혈마의 안전을 지켜 달라고 간청하는 동안 과연 이것이 하나님이 기뻐할 만한 기도인지 의문이 들었다. 희덕이 가져온 장기 외출증에 앤더슨이 도장을 찍어 주자 마법처럼 사감 선생도 희덕의 외출을 허락했고, 이후 학교를 벗어날 준비는 수월하게 이루어졌다.

오전에 떠날 희덕은 아침을 먹고 방 언니들과 인사를 나누었다. '잘 다녀와!' 희덕은 그 말이 어쩐지 오늘따라 특별하게 와닿았다. 많은 것이 뒤로 지나갔음을 느꼈을 뿐만 아니라, 앞으로 다가올 불안 속에서도 희덕은 자신에게 무언가를 결정하고 선택할 수 있는 기회가 주어졌다는 사실 자체로 마음가짐이 달라졌다. 한편으론 신영회 앞에서 무턱대고 내보인 자신의 의견에 편을 들어 준 일균과 화란이 고마웠다. 희덕은 보자기를 펼쳐 옷가지며 다락에서 가져온 소설책 두어 권을 집어넣고 매듭을 묶었다. 종치기 담당이 수업 종을 뎅—뎅— 두 번 울리자, 기숙사는 곧 텅 비었다. 희덕이 짐을 챙기고 교문을 나설 때쯤이었다.

"희덕아!"

아무도 없는 운동장 저 멀리서 경애가 가로질러 뛰어오고 있었다. 수업을 빠져나온 경애는 희덕에게 달려와 어깨동무를 했다.

"왠지 와 봐야 할 것 같아서 나왔어."

"금방 돌아올 텐데, 뭘."

"내 친구가 만주에 있는 독립운동 기지에 가다니!"

경애는 눈을 빛내며 작게 말했다.

"나는 봉천역까지만 갔다가 다시 돌아오는 거야."

"그래도 중대한 임무를 지니고 다녀오는 거잖아. 너랑 함께 떠나는 친구도 참 멋지더라. 어디서 많이 본 것 같았는데."

경애는 희덕이 교문을 나서 언덕 아래로 내려갈 때까지 오래오래 손을 흔들어 주었다. 희덕은 만약 경애가 없었더라면 제 인생이 어떤 방향으로 흘렀을까 잠시 생각해 보았다. 그리고 희덕은 자신을 기다리고 있을 사람에게로 향했다.

기차역은 이미 사람들로 가득 차 있었다. 계월은 저 멀리서 자신을 향해 달려오는 작은 아이를 바라보았다. 하얀 셔츠에 통이 넓어 긴 치마처럼 보이는 바지를 입고, 짧은 재킷까지 걸친 희덕은 애초에 계획한 대로 중국 간호 학교로 유학을 가는 꿈 많은 학생처럼 보였다.

"잘 어울려요."

옷을 빌려준 화란이 흐뭇한 미소를 지었다. 일균은 결국 자신이 터를 닦은 신영회 사람들과 멀어지고 만 듯했다.

"기생이랑 무당과 어울리는 사람하고는 같이할 수 없다나 봐."

일균은 씁쓸하게 웃었다.

"희덕이 네게 미안하구나. 너무 험한 길을 가게 하는 것 같아서……."

"아녜요. 저도 꼭 한번 기차 여행을 해 보고 싶었어요."

계월은 희덕의 표정으로 그 말이 진실임을 확인했다. 이번엔 희덕이 신영회 일을 걱정하자 일균과 화란은 희덕이 걱정할 일이 아니라며 손을 내저었다.

"네가 할 일은 무사히 다녀오는 것이야."

계월은 고개를 끄덕이는 희덕을 보며 생각했다. 희덕이 함께 만주로 간다는 결정을 알려 주었을 때부터, 아니, 희덕이 백작에게 은장도를 꽂았을 때, 혹은 희덕이 최면에 걸리지 않은 채로 자신의 눈을 바라보았을 때부터였는지도 모른다. 희덕은 그 자리에 있었다. 아무것도 속이지 않고, 숨기지 않은 채로. 그래서 계월 또한 자신의 상황을 정직하게 받아들이고 맞설 수 있었다는 사실을 깨달았다. 희덕과 함께 있으면 계월이 도망쳐 온 과거 또한 맞설 수 있는 현실이 되었던 것이다.

"봉천역에 가면 사람이 나와 있을 거다."

백송이 말했다. 화란은 일등석 차표 두 장을 건네며 결국 울음을 터뜨리고, 계월의 어깨를 두 손으로 감쌌다.

"이게 제가 마지막으로 해 드릴 수 있는 전부예요."

계월은 희덕을 처음 만났을 때와는 달리 손에 드는 가벼운 가방만 지니고 있었다. 옛 물건을 정리하고 나자, 어디론가 떠나는 데에는 그리 많은 물건이 필요하지 않다는 것을 알게 되었다.

계월은 눈물을 흘리는 화란과 길게 포옹을 하곤 일균과도 악수를 나누었다. 그리고 주름지고 딱딱한 백송의 손을 꽉 쥐었다.

"편지할게."

백송은 고개를 끄덕였다. 세 사람에게 손을 흔든 계월은 벌써 자리를 잡고 앉아 있던 희덕에게로 향했다. 그리고 마주 앉아 둥근 턱과 까맣고 생명력 있는 눈을 바라보았다.

자신의 처지를 생각하자 갑자기 피식 웃음이 나왔다. 계월은 이제 저의 앞에 그 무엇이 있든 간에 받아들이겠다는 마음이 들었다.

'그래, 생각을 너무 많이 하는 것도 좋지는 않아.'

계월은 그런 결정을 내렸다.

희덕은 조금 긴장된 마음으로 기차에 올랐다. 남자와 동행하지 않은 여자 둘이서 좌석에 앉자, 쳐다보는 시선이 느껴졌다. 하지만 희덕은 계월과 있으니 그런 사람들이 하나도 무섭지 않았다. 오늘의 희덕은, 어제와 다른 모습은 아니었다. 키가 자란 것도 아니고, 얼굴이 변한 것도 아니었다. 다만 그저 자신의 눈앞에 있는 사람과 함께 있는 것이 더 이상 무섭지 않았고, 학교 밖으로 떠나는 것도 마냥 두렵지만은 않게 되었다.

'그런 게 자란다는 뜻이겠지.'

기차가 경적을 울렸다.

바퀴가 굵직한 철로 위를 구르는 진동이 느껴졌다. 창밖에서는 소중한 사람을 배웅하러 나온 이들이 각자의 목적지로 떠나는 사람들 모두를 향해 손을 흔들었다.

희덕이 소설책을 꺼내 펼쳐 들었다. 끼워 놓고 깜박했던 모양인지, 집에서 온 편지가 책 사이에서 툭 떨어졌다. 희덕은 고향으로부터 온 편지를 첫 글자부터 마지막 글자까지 천천히 다시 읽어 내려갔다.

계월은 지친 듯 눈을 감고 있었다. 그러나 희덕은 그가 자기를 방금까지 지켜보고 있었다는 느낌을 받았다.

희덕은 여름 바람이 들어오도록 기차의 들창을 열었다. 그리고 손에 들고 있던 편지를 세 번 정도 찢어, 잘게 만들었다. 그대로 창밖으로 손을 뻗자 편지는 곧 의미를 상실한 종이 쪼가리가 되어 시야에서 금세 사라졌다.

"어? 저기 좀 봐요!"

계월은 희덕의 부름에 눈을 떴다. 희덕이 창문 밖을 손으로 가리켰다. 일본 전투기 서너 대가 긴 연기를 남기고 날아간 푸른 하늘에, 하얀 학 한 마리가 유유히 날갯짓을 하며 구름이 흘러가는 방향으로 날고 있었다.

계월은 덜컹이는 창문에 어깨를 기댔다. 그리고 살짝 미소를 지은 채, 새의 너울거리는 움직임이 작아져 더 이상 눈에 보이지 않을 때까지 지켜보았다.

작가의 말

이 소설은 자신에게 허락된 안전지대를 벗어나는 인물들의 이야기다.

주로 다른 사람이 쓴 글을 그림으로 풀어내는 작업을 해왔던 내가 온전히 혼자 힘으로 한 편의 세계를 완성하고 싶다는 욕구를 따르기까지는 이전과는 다른 결심이 필요했다. 한때는 여자아이가 주인공인 모험 이야기는 외면당하기 쉽다는 말을 듣고 고민에 빠지기도 했다. 하지만 언제나 그렇듯 익숙지 않은 길로 들어선다는 건 또 다른 가능성을 발견하는 첫걸음이기도 하다.

『1931 흡혈마전』을 구상하는 동안 세간에선 20대로서, 여성으로서 지켜보기 힘든 사건들이 이어졌다. 그러나 동시에, 자신뿐만 아니라 타인을 위해 목소리를 모으고 거리로 나서는 사람들이 많다는 사실도 확인할 수 있었다. 다른 이를 위해 용기를 내고, 그 경험으로 인해 스스로의 삶에서도 새로운 결단을 내리는 순간은 무엇보다 빛난다. 주인공인 희덕과 계월도 누군가를 위해, 때로는 서로를 위해 내린 결정을 통해 자신들의 세계를 확장해 나간다. 주어진 영역에 안주하지 않고 떠난 여성들은 역사적 기록에서 자취를 감춘 경우가 많지만, 나는 그런 공백을 마주할 때마다 과연 그들이 어디까지 다다랐을지 궁금해진다. 독자분들이 이 소설을 읽으며 상상력이라는 징검다리를 건너, 앞서간 이들의 숨겨진 발자취를 따라가 볼 수 있다면 좋겠다. 한국 근현대 여성 작가들의 작품에서 각 장의 제목을 빌려 온 것은 충분히 조명받지 못한 시절과 사람들을 기억하기 위한 작은 노력이다.

자유분방한 문장을 다듬어 주신 편집부에 감사드린다. 소설을 쓰겠다는 도전을 응원해 준 친구들, 가장 가까이에서 의지가 되어 준 어머니에게도 감사하다는 말을 남기고 싶다.

2020년 겨울

김나경

참고 자료

•

김명숙 「일제강점기 배화고등여학교 여학생의 특성 연구」, 『한국학연구』 63호, 고려대학교 한국학연구소 2017

김진영 『시베리아의 향수』, 이숲 2017

맹문재 「1930년대 여자고등학생들의 학교생활 고찰」, 『한국학연구』 29호, 고려대학교 한국학연구소 2008

미스테리아 편집부 『미스테리아』 13호, 엘릭시르 2017

박현옥 「1930년 서울지역학생 연합시위와 근화여학교」, 『인문과학연구』 29호, 덕성여자대학교 인문과학연구소 2019

서울역사편찬원 『일제강점기 경성지역 여학생의 운동과 생활』, 서울책방 2020

신현규 『꽃을 잡고』, 경덕출판사 2005

임희숙 「일제강점기 여성교육과 개신교」, 『한국기독교신학논총』 37호, 한국기독교학회 2005

한민주 『불량소녀들』, 휴머니스트 2017

1931 흡혈마전

초판 1쇄 발행 • 2020년 12월 11일
초판 2쇄 발행 • 2021년 1월 12일

지은이 • 김나경
펴낸이 • 강일우
책임편집 • 이하나
조판 • 신혜원
펴낸곳 • (주)창비
등록 • 1986년 8월 5일 제85호
주소 • 10881 경기도 파주시 회동길 184
전화 • 031-955-3333
팩시밀리 • 영업 031-955-3399 편집 031-955-3400
홈페이지 • www.changbi.com
전자우편 • ya@changbi.com

ISBN 978-89-364-5934-5 03810